Boeken van Nelleke Noordervliet bij Meulenhoff

Tine, of de dalen waar het leven woont. Roman
Millemorti. Roman
Het oog van de engel. Roman
De naam van de vader. Roman
Uit het paradijs. Roman
Een vlaag van troost. Poëzie

Nelleke Noordervliet

Millemorti

Roman

MEULENHOFF AMSTERDAM

Eerste druk 1989, negende druk 2002
Copyright © 1989 Nelleke Noordervliet en J.M. Meulenhoff bv, Amsterdam
Vormgeving omslag Isabelle Vigier
Foto achterzijde omslag Chris van Houts

www.meulenhoff.nl
ISBN 90 290 7186 9 / NUR 301

Hoofdstuk 1

Anna Arents schreef in haar kleine, grijze notitieboekje: 'Mogelijke titel: Teken in tijd en ruimte. Ondertitel: Het verstrijken van de tijd in picturale verbeelding.' Ze keek naar buiten. Reed de trein het landschap voorbij of trok het landschap langs de trein? Object versus referentiepunt. Betrekkingen. Dingen zijn in zichzelf absoluut maar niets bestaat alleen maar in zichzelf, dacht Anna.

De trein reed parallel aan de autoweg dicht langs de begroeide wand van een berg. Rechts slingerde de jonge Rijn, met veel bochten, stroomversnellingen en half drooggevallen grintbanken. Op de hoger gelegen hellingen was nog niet voldoende sneeuw gesmolten om de bedding te vullen. Anna zag in gedachten hoe de rivier zwaarder en voller en levenlozer werd tijdens haar loop naar zee. Ze kende de brakke geur van de Rijn in Rotterdam, ze was ermee opgegroeid. Anna wilde terug naar haar notities. Het vakantiegevoel moest ze tot elke prijs vermijden. Eindelijk zou ze een halfjaar lang doelgericht en continu kunnen werken aan oude en nieuwe plannen zonder rompslomp van vergaderingen en overlast van onzelfstandige studenten. De beslissing dit verlof te vragen was niet gemakkelijk geweest: er kon veel gebeuren terwijl zij buitenspel stond. Maar haar talent om tegelijkertijd onderwijs te geven en onderzoek te doen was beperkt en ze moest publiceren om haar plaats te behouden. Daarbij stond het interessant je terug te trekken in een onherbergzaam gebied, om gelouterd door stilte en vervreemding terug te keren, een rijker en completer mens.

('Nee, er was he-le-maal niets. Alleen natuur. Herders en koeien. Absoluut pastoraal. Inspiratie. *Far from the madding crowd.*')

De spoorweg verliet het dal van de Rijn en begon licht te stijgen. De bergwereld was prachtig en indrukwekkend, beangstigend en groots, ja dat alles was het, maar het was Anna te echt en te veel. Toen de trein in Tiefencastel stopte – een dorp dat met een grote duim in het gebergte was weggedrukt –, merkte ze tot haar ergernis dat haar gedachten twintig minuten lang een onsamenhangende brij waren geweest.

Door het smalle gangpad naderde een oudere vrouw. Ze droeg een rugzak, een jack, een wijde rok en wollen sokken in bergschoenen. Haar gezicht was gebruind en gelooid. Aan de hand voerde ze een jongen van een jaar of zeventien mee. Ter hoogte van Anna's compartiment trok ze hem naar voren, pakte hem bij beide schouders en duwde hem zacht maar resoluut op de plaats bij het raam. De rugzak liet ze van haar schouders glijden en legde ze in het bagagerek. '*Gruezi*,' zei ze met een kort knikje terwijl ze ging zitten en haar rok gladstreek. Ze pakte de hand van de jongen en hield die stevig vast.

Hij is blind! dacht Anna met de schok die de confrontatie met een handicap haar altijd gaf. Bovendien bleek hij doof, want de moeder maakte zwijgend raadselachtige tekens met haar vingers in zijn handpalm.

Anna kon haar ogen niet van de jongen afhouden; ze voelde zich een voyeur en wendde beschaamd haar blik af; het venster weerspiegelde haar reisgezelschap. Zelden zag ze een zo expressief gezicht als dat van de jongen. De sensatie van het rijden bracht er een glans van verrukking op die Anna bijna hemels vond. Zij vroeg zich af hoe zijn gedachten tot stand kwamen en welke vorm ze hadden. In plaats van in woorden of beelden dacht hij waarschijnlijk in trilling, warmte en geur, want zo deed de wereld zich aan hem voor. Soms opende hij met een nutteloze beweging de oogleden, waarachter oogbollen zonder uitdrukking glansden. Ze werd zich ervan bewust dat ze hem weer recht in het gezicht staarde, en keek haastig weg.

'U mag gerust naar hem kijken,' zei de moeder. 'Hij merkt het niet, en hij hoort ook niet wat ik zeg.'

Anna lachte betrapt.

'Ik kijk zelf ook graag naar hem,' vervolgde de moeder. Haar stem klonk vlak, alsof ze door haar tactiele conversatie met haar zoon de zinsmelodie had verleerd. 'Hij hoort muziek volgens mij... Ik denk graag dat hij Mozart hoort.'

Ze glimlachte berustend. Het handcontact was de smalle zone waar hun levens elkaar raakten. De jongen bewoog zijn vingers. De moeder schreef tekens in zijn hand ten antwoord. De jongen knikte en maakte in Anna's richting – net naast de plaats waar ze zat – een grimas die een lach voorstelde. Een onverwachte, heftige ontroering deed haar slikken en naar buiten kijken.

De trein was de lange, trage klim naar de Albulapas begonnen. Grote hofsteden lagen naar het scheen willekeurig verspreid tegen de flank van de berg. In de hooitijd zouden de families op de weiden staan als vliegen tegen de wand: kleine zwarte figuurtjes die met gelijkmatige slagen van de zeis de berg scheren. De onverschilligheid van de rotsen veroorzaakte een lichte ergernis bij Anna. Ze voelde zich uitgedaagd en wilde hun stilte verbreken.

De jongen was diep in zijn wereld verzonken. De moeder keek een andere kant op. Ze schudden zwijgend mee met de trein. Plotseling hief de jongen het hoofd op, zijn lippen en handen begonnen te trillen. Hij sperde zijn ogen open. Had hij gemerkt dat de trein om het hoogteverschil te overwinnen een keerbocht maakte, zich in de berg boorde en al klimmend een cirkel beschreef, of verbeeldde hij zich te genezen en plotseling heel in de verte geluid te horen, licht te zien? Na een minuut nam het trillen af. De moeder, die niets gemerkt leek te hebben, schreef een mededeling in zijn hand.

'Ik moet even naar het toilet,' zei ze, 'zoudt u naast hem willen gaan zitten en met hem praten?'

Anna schrok. 'Maar ik kan dat niet!'

'U kunt blokletters in zijn hand schrijven. Het is wat omslachtiger maar hij begrijpt het heel goed.'

'Wat moet ik zeggen?!'

'Beschrijf wat u ziet. Mijn bergen kent hij wel. De uwe niet.'

'Vindt hij het niet vervelend?'

'Integendeel. Maar als u niet wilt...' Ze keek Anna streng aan.

'Natuurlijk wil ik wel,' zei Anna en schoof op de plaats die de moeder verliet. De jongen, zonderling eenzaam opeens, hield bevend zijn hand uitgestoken. Ze sloot haar vingers om de zijne. De hand leefde, de huid verzamelde indrukken in elke cel. Als ik de essentie van de berg kan terugbrengen tot een zin, een woord, met een zeggingskracht die zijn wereld verruimt, dan heb ik een daad verricht die al mijn publikaties in de schaduw stelt, overwoog ze. Anna's artikelen hadden in vakkringen weinig stof doen opwaaien, laat staan daarbuiten. Ze waren niet polemisch of revolutionair of controversieel: ze waren voorspelbaar en gingen niet in tegen de waan van de dag in de moderne kunst. Integendeel, Anna had een feilloos instinct voor trends. Maar haar publikaties waren wel fatsoenlijk geschreven zonder spel- of taalfouten en hadden een behoorlijke structuur. Gemeten aan de geldende academische standaard was dat lang niet slecht. Anna zelf was er diep in haar hart van overtuigd dat ze haar tijd vooruit was en dat roem een kwestie was van iets langere adem. Haar ambitie om met een goedgekozen woord de rest van haar werk overbodig te maken ging minder ver dan zij zelf dacht; voor zover ambitie het reiken boven de eigen macht is, was haar gedachte geen overdrijving.

De jongen trilde nauwelijks merkbaar. Zijn mond stond een beetje open. De trilling ging over in Anna's hand maar ze schreef geen woord. Hij bracht haar hand naar zijn wang. Ze voelde de zachte stoppels van zijn beginnende baard. Hij lachte met een ongecontroleerd en primitief geluid, uit vreugde, niet omwille van een conventie.

De trein verdween in een tunnel. Het werd donker. Ze voelde hoe de jongen rechtop ging zitten. De duisternis en het weerkaatsend geraas van de trein tegen de tunnelwand verplaatsten Anna even in zijn wereld. Ze werd bang, het zweet brak haar uit en ze wilde haar hand losmaken uit zijn stevige greep. Het kwam haar te na. Maar ze liet alleen haar vingers verslappen.

Toen ze uit de tunnel waren, keerde de moeder terug. Anna stond op. De jongen zocht de hand die hem losliet. Toen voelde hij de nabijheid van zijn moeder en met een zucht nestelde hij zich in een hoek van de coupé. De moeder pakte zijn hand. Anna was in de war en staarde naar de desolate puinhellingen, waarop sneeuwtapijten lagen. Ze moest het opschrijven, maar hoe?

Na de Berninapas kroop de trein onder een lange, ruwhouten lawinetunnel. Aan het eind daarvan ontvouwde zich een uniek vergezicht. Rechts rees tegen een wand als een reusachtig amfitheater de Palü-gletsjer op. Pal daarboven stond de zon. Alle sneeuw- en ijskristallen weerkaatsten het licht. De waterdeeltjes in de lucht leken op lichtregen. Naar beneden liep de gletsjer uit in een kom, waar het ijs overging in vuile sneeuw en zwart gruis. Op de bodem van die kom, ver beneden de trein, blonk een klein meer. Links zag Anna de coulissen van bergruggen steeds vager van contour en lichter van kleur worden. Ze keek kilometers ver en kilometers diep. Op het diepste punt lag een stadje. Daarachter (Hoe ver? De afstand in de bergen was moeilijker meetbaar dan op de vlakte) stootte haar blik op de puntige skyline van een oost-westketen:

de Bergamasker Alpen. Italië. Dat was bekender terrein. Even bekroop haar de angst een verkeerde bestemming te hebben gekozen.

Een zwerm Italiaanse schoolkinderen streek neer in de wagon. Het dikste jongetje riep met hese stem zijn klasgenootjes, terwijl hij de hand van een vriendje dat een greep deed naar zijn chocola, wegsloeg als een vlieg. De doofblinde jongen leek niets te merken van de drukte. Toen zijn moeder een sinaasappel begon schoon te maken, reageerde hij op de geur.

In talloze slingers en bochten, daalde de trein uiterst langzaam de tweeduizend meter af naar Chiavalle, het verborgen dorp. Anna's reisdoel. Toen ze het station naderden, groette ze de moeder en tilde haar koffers en tas uit het bagagerek. De Italiaanse jongetjes draaiden de raampjes open, klommen op de banken en staken hun koppen naar buiten. Ze lachten en schreeuwden. Op het perron haalde Anna de plattegrond van het dorp te voorschijn die de eigenaar van haar vakantiehuis had opgestuurd. Terwijl ze de kaart bestudeerde, passeerden haar de moeder en de zoon, hand in hand, voor altijd tot elkaar veroordeeld.

De wandeling van het station naar haar vakantiewoning bracht Anna voor het eerst in aanraking met de eenzelvigheid van de dorpsbewoners. Van de jovialiteit, behorend bij een zuidelijke streek waar iedereen elkaar kent en waar elke nieuwkomer een verloren gewaand familielid is, was geen sprake. Een vriendelijke groet oogstte zelden een kort '*Bondi*'; sommigen keken Anna achterdochtig aan, anderen wendden het hoofd af. Anna hoopte binnen enkele weken de weerstanden te overwinnen. Zodra de mensen wisten dat zij van plan was een halfjaar hun leven te delen, zouden ze zeker toeschietelijker zijn. ('Kom gauw terug. Vergeet ons niet.' Die woorden zouden haar afscheid begeleiden.) Ze stond er niet bij stil dat juist die wetenschap hen nog vijandiger kon maken en al helemaal niet dat ze misschien al op de hoogte waren van haar komst.

Behalve door de houding van de bevolking werd ze getroffen door de combinatie van een zuidelijke, soms Baskisch aandoende bouwstijl en een Germaanse properheid. De straten waren smal, de huizen groot en oud, maar goed onderhouden; ze hadden dikke muren en kleine ramen. Het deed haar genoegen dat nergens rustiek hout was gebruikt. Pasteltinten overheersten. Sommige ramen waren à trompe l'oeil op de muur geschilderd met een levensechte geranium in de vensterbank. Dit tussen Italiaanse bergketens ingeklemde noord-zuiddal was de tong die de Zwitserse schoolmeesters uitstaken naar hun slordige buren.

Elk smal stukje tuingrond bij een huis of een woonblok was bewerkt maar er was geen border of gazon te bekennen. Alleen donkere aarde met jonge aanplant van sla, krulandijvie, zucchini en bonen. Alle moestuinen waren omheind met smeedijzeren hekken op kniehoge natuurstenen muurtjes.

De slagerij, waar Anna de sleutel moest halen, was gesloten. Haar vakantiehuis, dat een halve straatlengte verder lag, was lang en smal en zonk in het niet tussen de paleisachtige buurhuizen. Anna sloeg het paadje naast haar huis in; het leidde langs verschillende tuinen naar de rivier. Elk eigendom was afgebakend. Om het hek dat toegang gaf tot haar domein hing een groot hangslot. Er speelden kinderen op de stoep van het buurhuis. Toen Anna langsliep kwamen ze nieuwsgierig naar het hek. Ze droegen warme mutsen en ski-jacks. Anna rilde. Het was nog koud. Haar koffers en tas hadden roodwitte striemen in haar handen achtergelaten. Terwijl ze het huis en de omgeving bekeek, hoorde ze pianomuziek boven het geluid van de spelende kinderen en het incidenteel op de straat passerende verkeer uit. Ze luisterde. Misschien speelde vermoeidheid haar parten, maar de muziek ontroerde haar. Er klonk iets mee dat ze geen naam kon geven, maar dat dezelfde gevoelens in haar opriep als de aanraking van de doofblinde jongen. Ze leunde tegen het hek aan en sloot haar ogen.

'Goedemiddag, Frau Doktor, u wacht op de sleutel?'

Meer dan de plechtige titel deed het onwennige Duits van iemand die meestal het streekdialect spreekt Anna beseffen dat de woorden tot haar waren gericht. Het was een merkwaardige stem, alsof het geluid een fractie te snel werd afgedraaid zonder dat het de precieuze articulatie wijzigde. Voor het hek van het achterbuurhuis stond een groot kind in het uniform van een postbesteller. Bij nadere beschouwing was het een volwassen man die in een verkeerd perspectief leek geschilderd. Zijn gestalte had volmaakte verhoudingen, de benen waren ten opzichte van de romp bepaald lang te noemen, en hij was niet eens veel kleiner dan het gedrongen bergtype dat het dal bevolkte; toch week hij duidelijk af. Hij was geen lilliputter of dwerg. Hij keek Anna vriendelijk aan, het hoofd enigszins weggezonken tussen hoog opgetrokken schouders. Fijne rimpels liepen van zijn neusvleugels naar zijn mond en waaierden uit rond zijn ogen. Ze verrieden zijn leeftijd.

Een hobbit, dacht Anna.

'Ja, ik wacht,' zei ze, 'de slager is nog dicht.'

'Maar u kunt toch aanbellen?'

Daar had ze geen moment aan gedacht.

'Als u wilt, haal ik de sleutel voor u,' bood hij beleefd aan.

'U hoeft geen moeite voor me te doen, meneer.'

'Puccio. Daniele Puccio, aangenaam.' Hij stak zijn hand uit en maakte een stijve buiging. 'Ik doe het graag voor u. Een ogenblik.' In het Italiaanse dialect van de streek riep hij de kinderen. Hij haalde een brief uit zijn tas en gaf die aan de oudste. *Vai vai*. Het kind holde naar een huis en schoof de brief in een brievenbus.

'Ook de postbode krijgt weleens brieven,' zei Puccio met een verlegen glimlach voor hij om de hoek verdween op weg naar de slager. De hobbit was een buurman. Nog steeds hoorde ze de muziek. Geen misslag. Geen aarzeling. Geconcentreerd. Helder. Ze zag alles scherp als in een droom, maar de beelden leken zich al voor te bereiden op vergetelheid. De dingen raakten los van hun vorm en hun betekenis. Elk geluid, behalve de muziek, werd gedempt.

Puccio keerde terug met slager en sleutel. De slager, een uitgeteerde man die zelf worst maakte en ernaar rook, verontschuldigde zich in gebroken Duits voor zijn siësta. Puccio bleef op de achtergrond en toen Anna even later omkeek, was hij verdwenen. De kinderen keken stilletjes toe hoe het hangslot en de ketting werden verwijderd. De tuin was overwoekerd met dode en door de sneeuw geplette halmen van ongemaaid borstelgras. Voor de deur overhandigde de slager haar de huissleutel en verzekerde haar van zijn bereidwilligheid. Hij hield voor de eigenaar altijd een oogje in het zeil; zijn vrouw hielp in de huishouding en zijn zoon wilde de tuin wel onder handen nemen; zoals die er nu bij lag, dat was toch een schande. Anna bedankte hem en besloot het aanbod te aanvaarden om zich zo een plaats in de gemeenschap te veroveren.

Haastig pakte Anna haar koffers uit, gooide de ramen open om de muffe lucht te verdrijven en nam een bad. Het interieur van het huis was niet haar stijl, maar ze was bereid Zwitsers boerenbont een paar maanden het toppunt van gezelligheid te vinden. Het was stil. Anna ging zitten op de bank tegenover het raam dat uitzicht bood op de omheinde tuin van de buren, de oever van de rivier, een beboste helling en een reep grijze lucht. Een halfjaar na nu zou de vrucht van haar werk op fiches en dichtbeschreven multovellen voor haar op de donkerbruine, handbesneden tafel liggen. Voldaan zou ze dan weer haar koffers pakken en de inmiddels vertrouwd geworden omgeving verlaten na de nieuwe vrienden beloofd te hebben spoedig terug te keren.

Anna's ijver brandde. Zij kon niet wachten tot haar boeken waren aangekomen. De tijd begon te dringen nu ze tegen de veertig liep. Tot voor kort had zij zich jong en veelbelovend gevoeld en waren al haar activiteiten onderdeel van het leerproces, waarmee zij ook haar fouten goedpraatte. Alles moest nog komen. Zij had verantwoordelijkheden maar de last drukte haar niet, want het was spel. Om haar heen veroverden mensen hun plaats zonder schijn van voorlopigheid. Oude vriendinnen kregen kinderen en mevrouw-achtige gedachten. Vrienden solliciteerden naar functies die zij eens verachtten. Geld maakte gelukkig en idealen werden afgedankt. Anna zocht aansluiting bij degenen die over de toekomst praatten zonder zich voor te kunnen stellen dat die ooit aan zou breken. Haar minnaars werden jonger en ongeduriger. Vroeger verbrak Anna de band met hen die haar voorgoed wilden binden, maar nu trokken mannen zich tijdig terug uit vrees haar laatste kans te zijn. Ze kon de cirkel niet doorbreken en maakte zichzelf wijs dat ze voor dit leven had gekozen. In haar vakgroep liep het aantal eerstejaars terug en dat veroorzaakte grote beroering onder haar collega's. Ook Anna raakte besmet met onrust. Er stond iets op het spel dat ze zeker had geacht. Ontslag was denkbaar. Het werk van de komende zes maanden was beslissend voor haar carrière, al zag ze dat liever niet onder ogen.

Een week na haar aankomst waren de boeken er nog niet. Elke dag liep ze naar het station om te informeren. Nee, mevrouw, ze zijn er niet. Morgen misschien. Had ze wel het juiste adres op de labels gezet? Natuurlijk mocht ze zelf komen kijken in het hok, en vanzelfsprekend dachten ze niet dat Frau Doktor achterlijk was. Maar zij waren evenmin blind. Die koffer was er niet. Basel bellen? Als ze dacht dat het hielp. Misschien Utrecht bellen. De fout zou wel bij het land van verzending liggen. Zij konden het niet helpen, dat moest Frau Doktor toch toegeven. Zij deden alles wat in hun macht lag. Die kist kwam zeker terecht. Een kwestie van afwachten. Misschien stond hij op een verkeerd station. Dan kon het weken duren voor men achter de juiste bestemming kwam. Nee, op welk station konden ze niet vertellen. Een verkeerd station.

Op een middag belde ze alle stations in Zwitserland die met een C begonnen. Tevergeefs. Ze werd wanhopig. Zonder haar boeken kon ze niet beginnen. De goede moed waarmee ze haar zelfgekozen isolement was ingegaan zonk haar in de schoenen. Elke dag was kostbaar. Ze mocht geen uur verspillen. Maar haast was een onbekend element in het dal en haar ongedurigheid vond geen uitlaat. De gedwongen werkloosheid maakte haar kribbig en wat erger was: het maakte haar eenzaam. Af en toe sprak ze de slager en zijn vrouw, die meeleefden maar au fond niet geïnteresseerd waren. Daniele Puccio was soms behulpzaam bij de naspeuringen naar de koffer. Hij vroeg wat ze deed en wat ze van plan was en maakte de indruk te begrijpen wat de boeken voor haar betekenden. Hij sprak van schoonheid en de noodzaak de schoonheid te bewaren voor de toekomst. Kunsthistorici bouwden de brug waarover de schoonheid van het verleden de toekomst in zou gaan. Er was zoveel moois dat de moeite van het bewaren waard was. Ook in het heden. Hij kende een verborgen schoonheid, een bedreigde schoonheid, die tegen aanvallen verdedigd moest worden. Anna knikte bij zijn ontboezeming en vroeg zich af waar hij het over had.

Om de lege uren te vullen ging ze wandelen. Ze kocht een kaart van de omgeving en toen na de eerste stevige tocht het bloed in haar schoenen stond, schafte zij zich een paar stappers met profielzolen aan. Al snel merkte ze dat haar boosheid en ergernis tijdens het wandelen zakten en dat ze op het ritme van haar voetstappen uitstekend kon nadenken. Ze kreeg een voorkeur voor klauterpaden, keek verlangend naar de hoge bergketen boven Alp Vartegna of naar de rossige rots van de Sassalbo, die aan de andere zijde boven Chiavalle torende, en betrapte zichzelf op de gedachte: Ik krijg jullie wel.

Als ze haar huis verliet hoorde ze altijd de pianomuziek uit het grote buurhuis. De musicus scheen nooit te rusten. Zo prachtig spelen en dan je licht onder de korenmaat van dit dorp steken! Soms stond Anna stil onder het raam vanwaar de muziek leek te komen en las het koperen bord dat in de muur was geschroefd: *Dr. Thomas Wassermann. Specialista in chirurgia. Lunedi, Mercoledi, Venerdi, 14.00 – 18.00 ore.* Ze maakte zich een voorstelling van de pianist: een ex-patiënt, met een verminkt of door de pokken geschonden gelaat, nimmer meer in staat op te treden voor een enthousiast publiek, door de arts liefdevol opgenomen, zich verbergend voor de wereld met slechts zijn kunst tot troost.

Anna was niet de enige met een rijke fantasie. Toen ze de slager vroeg naar de identiteit van de kunstenaar, zei deze dat hij niets wist maar dat er rare verhalen de ronde deden. Ook Daniele Puccio meldde dat het dorp zich uitleefde in vele veronderstellingen. Was het mevrouw Wassermann, de echtgenote van de dokter? Zijn zuster? Zijn minnares? Een geheime dochter? Een vrouw was het, daar was men zeker van. En Daniele, wist Daniele niet meer? 'Geheimen horen veilig te zijn bij een postbode,' zei Daniele vriendelijk berispend.

Toen de boeken er na twee weken nog niet waren en ook de NS in Utrecht niets voor haar kon doen, overwoog Anna terug te keren naar Holland. Maar wat zou het helpen? Thuiszitten zonder boeken en fotomateriaal was even zinloos. Het verzamelen van de plaatjes en de literatuur had haar enkele maanden gekost. Hier bestond altijd nog de kans dat ze opeens boven water kwamen. Aan niets had ze een grotere hekel dan aan besluiteloosheid.

Soms zag ze de doofblinde jongen en zijn moeder lopen

alsof ze in de mist op weg waren naar een onbekend doel, verdwaald in dit dorp als in een doolhof, zoekend en tastend, geen uitweg wetend; ze liepen in de verte voorbij, kruisten een straat, verdwenen achter een rij huizen. Anna ging hen zoveel mogelijk uit de weg, maar toen ze hen niet meer tegenkwam voelde ze zich in de steek gelaten.

Op een dag besloot ze naar een oude marmergroeve te gaan. De weg erheen bood een steeds weidser uitzicht over het dal, het meer en het omringend gebergte en voerde over een schilderachtig gelegen open plateau, dat volgens de kaart Selva heette. Er stonden wat schuren. Aan de rand van de weide stond een huis met de rug tegen het bos en omringd door een borsthoge muur. De weg liep erlangs. Anna wierp een blik over de omheining. Tussen het ongemaaide gras stond een aantal opmerkelijke beelden zonder sokkel als achteloos neergeworpen reuzenspeelgoed. De hoogte varieerde van een halve tot anderhalve meter en ze waren diep donkerbruin van kleur. Het leek of een legioen bedevaartgangers devoot de handen op de beelden had gelegd, zodat een doorleefd patina was ontstaan. Om huis en schuur bewoog geen levend wezen.

Anna klom over de muur. Het dichtstbij stond een bol die aan de bovenzijde was gekliefd en waarvan de helften in het moment van uiteenvallen waren gestold. Op de breuklijn was het materiaal ruw. Middenin was een holte met daarin een kleine, gladde bol als een bowlingbal. Tot Anna's verbazing voelde het beeld warm en levend aan. Ze had brons verwacht, maar het was hout. Verderop lag een menselijke figuur, gespannen als een veer. *Do not go gentle into that good night, rage, rage against the dying of the light* was erin gegraveerd.

Ze hoorde een deur dichtslaan en keek geschrokken op, terwijl ze haastig haar hand terugtrok van een beeld dat zij met weinig fantasie 'de geliefden' had gedoopt. Voor het huis stond een man. In één oogopslag taxeerde ze hem:

gestreepte boezelaar, wit wollen vest met benen knopen, rechtpijpige jeans, geitewollen sokken en Robinson-sandalen. Krullend haar tot over zijn oren. Gelukkig geen baard maar wel typisch démodé. Ze zou met hem moeten praten. Duits of dat beetje Italiaans van haar. Hij kwam naderbij. Hij had aardige maar afwachtende, bruine ogen. Italiaans derhalve.

'*Scusi per trapassare*,' zei Anna hakkelend, '*ma volevo toccare i statu...*'

'Bespaar je de moeite,' viel hij haar met een licht Rotterdams accent in de rede, 'ik ben net zo Hollands als jouw nieuwsgierigheid, Frau Doktor.'

Anna was verrast maar liet zich niet uit het veld slaan. Het contact werd er alleen makkelijker op. Uiterlijkheden zijn broze beoordelingsgronden, hield ze zichzelf voor, hoewel een bevallig voorkomen een mens zeker vooruit helpt in de wereld.

'Dus zelf ook nieuwsgierig en vol begrip voor mijn overtreding,' antwoordde ze. Een brede glimlach, een uitgestoken hand. 'Sorry. Het spijt me dat ik over de muur ben geklommen. Ik ben Anna Arents. Maar dat weet je kennelijk al.'

'Er blijft weinig geheim in dit dal.' Zijn handdruk was warm en droog. Dat was een pluspunt. 'Hans Hartog.'

'Onze ouders hielden van alliteratie,' zei Anna terwijl ze zijn gezicht goed in zich opnam. Als dit de maker van de beelden was, dan moesten de gedrevenheid en de gecomprimeerde emotie, die uit de beelden sprak, in zijn trekken terug te vinden zijn. Hans Hartog keek haar aan, maar zei niets. Ze vermoedde een vage vijandschap in hem, waartegen haar opmerkingen niets uitrichtten. Hij was kennelijk op zijn hoede, niet bereid haar welkom te heten of zelfs het voordeel van de twijfel te gunnen. Zijn haar werd grijs, zijn gezicht was gelooid als dat van een bergboer, zijn huid had de jeugdige spankracht verloren. Ze schatte hem een jaar of vijftig.

'O.K. Ik ga al. Tot ziens.' Anna draaide zich om en liep terug naar de plaats waar ze over de muur was geklommen. Ze duwde zich op. De ruwe steen schaafde haar handpalmen. Met de harde neuzen van haar onflatteuze wandelschoenen, waar ze zich voor schaamde, zocht ze houvast in de muur om vervolgens haar knie op de rand te leggen. Ze was zich bewust van de ridicule indruk die haar billen in de wijde zwarte broek moesten maken op zijn beeldhouwersoog. Verdomme, dacht ze, ik lijk wel gek. Terwijl ze zo tegen de muur hing, zei hij: 'Je kunt nu ook wel gewoon via het hek mijn terrein verlaten.' Ze schrok van de nabijheid van zijn stem en liet zich vallen. Hij moest pal achter haar staan.

'Jezus,' lachte ze, 'Jezus!' Met haar rug tegen de ruwstenen muur, het hoofd achterover, lachte ze. Om de boeken die nog niet waren aangekomen en om de val waarin ze gelopen was door in dit godverlaten oord zonder cultuur, zonder warenhuizen, zonder behoorlijke kroegen en zonder beschaafd gezelschap een boek over kunst te willen schrijven. Die klootzak met zijn benen knopen! Ze stond op en klopte het vuil van haar broek.

'Ik vond je beelden mooi. Ik moest ze aanraken.' Anna was gevoelig voor trends, maar haar bewondering voor de beelden was oprecht, misschien omdat ze haar deden denken aan een beeld in haar geboortestad dat ze als kind regelmatig passeerde en waarvan ze de gladde, koele, bronzen vorm altijd even aanraakte. Ze stapte samen met de beeldhouwer door het gras naar het hek, alsof hij haar na een bezoek uitgeleide deed.

'Mijn boeken zijn zoek,' zei Anna opeens, 'of weet je dat ook al? Ik kan niet werken. Ik weet niet wat ik moet doen.'

'Naar huis gaan.'

'Dat kan niet.'

'Waarom niet?'

'Interesseert het je?'

'Nee.'

Van andermans eerlijkheid schrok Anna.

'Nou dan.'

Stilte. Hij deed het hek van manshoog smeedijzer voor haar open.

'Het wil nog maar niet zomeren,' zei Anna. De woorden vielen slapjes tussen hen in. Anna besefte dat een quasileuke cliché-conversatie uit de toon viel, maar kon niets anders bedenken. Toch wilde ze een behoorlijk gesprek van mens tot mens met hem voeren, want ze stond al twee weken conversationeel droog. Voor het eerst was ze in een omgeving die zich noch goedschiks noch kwaadschiks naar haar hand voegde. Verschanst achter de muur van haar werk en de ernst van haar plicht, zou ze zich tenminste een houding kunnen geven. Nu liep ze doelloos rond, trok op haar grote schoenen steeds wijdere cirkels rond het dorp, waagde zich steeds hoger op de koele berg en vond nergens rust en vreugde. Geen vreedzame routine had zich gevormd, behalve de tocht naar het station die nauwelijks vreedzaam was te noemen maar gepaard ging met vlinders in de buik van de zenuwen en kriebels in de kop van woede. Anna wilde werken en nu dat voorlopig niet kon wilde ze zin geven aan haar verblijf door boeiende gesprekken en verrassende ontmoetingen. Maar de taal was haar vreemd, de mensen waren gesloten. Niemand liet haar binnen. Anna aarzelde.

Het dal was volgelopen met laaghangende wolken die de bergtoppen aan het oog onttrokken; ze waren te zwaar om de hoge Berninapas over te trekken en moesten eerst leegregenen, licht worden om te kunnen stijgen en verder te waaien. De beboste hellingen waren niet meer groen maar antracietgrijs. Het dal was een zwart-witfoto; er hing een maandaggeur van wasdag en werken. Het ging regenen. Kleine, fijne druppels.

'Tot ziens?'

'Tot ziens.'

Hij sloot het hek achter haar, stak zijn hand op en draaide zich om. Anna riep hem na: 'Als ik in de buurt ben, sta ik niet voor mezelf in. Ik klim weer over de muur.' Hij keek over zijn schouder en lachte, liep daarna door, de handen in de zakken van zijn vest, zijn pas versnellend vanwege de regen. Anna wachtte tot de deur in het slot viel en nam toen de weg terug naar beneden. Die marmergroeve kwam een andere keer wel.

Nog voor de eerste bocht in zicht was kon ze geen onderscheid maken tussen de tranen die onverhoeds vloeiden en de regendruppels. Achter zich hoorde ze een auto naderen. Ze keek pas op toen die naast haar stopte en Daniele Puccio zijn keurige kopje uit het raam stak.

'Rijdt u alstublieft met mij mee naar het dorp, Frau Doktor. U wordt koud en nat. Dit voorjaar is buitengewoon regenachtig. En ik vrees het ergste voor de zomer.' In de warme, droge cabine van het postautootje begon ze te beven en kon er niet mee ophouden. Daniele, de kindman, leek parmantig achter het stuur te zitten, maar die parmantigheid vloeide voort uit zijn gestalte, en om de indruk waarvan hij zich bewust was enigszins teniet te doen, hield hij de schouders opgetrokken. Dat nu leek weer op het afweren van een slag of van extreme koude. Puccio maakte een verwarrende indruk op ieder die hem nog niet zo lang kende.

'Ik wil over de pas naar Italië lopen. Kan dat al? En hoe moet ik dan gaan?' vroeg Anna, die zich verplicht voelde iets te zeggen. De tocht over de Pass da Cancian was mogelijk, maar misschien was het nog te vroeg in het seizoen. Daniele wist alles. Ze keek van opzij naar hem. Hij zat op het puntje van zijn stoel, de armen gestrekt naar het stuur, en fronste het voorhoofd dat rimpeltjes vertoonde als oud perkament.

'Op een mooie dag zou het heel goed kunnen. Maar ik raad het u ten stelligste af, Frau Doktor. U bent alleen en ongetraind.'

'Het pad is toch gemarkeerd?'

'Jawel, voor het grootste deel. Hier en daar is het slechts een spoor. Het is niet vertrouwd voor een vreemdeling.'

'Maak je om mij maar geen zorgen. Hoe kan ik het beste gaan?'

Er viel even een gespannen stilte, alsof Daniele de woorden niet uit wilde spreken.

'Over Millemorti en langs de Pilinguel,' zei hij. De auto hotste en botste over de eeuwenoude keien de smalle hoofdstraat van het dorp binnen.

Aan het eind van diezelfde middag reed Hans Hartog in zijn Landrover naar beneden. Het binnendringen van Anna Arents had hem meer gehinderd dan redelijk was. Die ergernis zette hem aan tot een besluit dat hij al dagen uitstelde. Hij moest met Gelosi praten. De houthandelaar leverde hem boomstompen en stammen die hij zelf niet kon verzagen en was langzamerhand gaan fungeren als intermediair bij de verkoop van de beelden. Maar de laatste maanden bleven kopers en opdrachten uit. Hans' geld raakte op.

Toen hij voor de deur van de houten keet stond waar Gelosi kantoor hield, hoorde hij binnen twee mannen in een opgewonden gesprek. De een was Gelosi, in de andere stem herkende hij de jonge onderwijzer Beniamino Pandolfi. Hans beheerste het streekdialect te slecht om te begrijpen waar de ruzie over ging. Alleen de laatste zin van Pandolfi verstond hij, doordat deze de deur opende en naar buiten kwam: 'Nee. Nooit. Het is een varken.' Hij groette Hans in het voorbijgaan, stopte zijn gebalde vuisten in zijn broekzakken en schopte een steentje weg. Gelosi stond in de deuropening en haalde zijn schouders op.

'Ben is een groot kind,' zei hij in het Duits tegen Hans. 'Nou ja, wie wind zaait zal storm oogsten. Hij moet zelf maar stenen op zijn dak leggen. Kom je kijken of er wat voor je is?'

Hans wist niet hoe hij moest beginnen en liep zwijgend naast Gelosi over het terrein, waar stapels planken lagen met rode stempels op de kopse kanten. Bij een grote schuur gekomen werd elk gesprek onmogelijk door het snerpen van een zaag. Twee mannen, die bezig waren een boomstam langs het zaagblad te voeren, staken kort de hand op. Achter de schuur lagen verse stobben.

'Zoek maar uit,' zei Gelosi in een korte zaagpauze. In de volgende pauze antwoordde Hans: 'Ik heb nog genoeg materiaal. Ik heb eigenlijk te veel. Weinig verkocht de laatste tijd.' Hij keek de houthandelaar niet aan. De indirecte benadering leek hem het best te passen bij de vrijblijvendheid die hun relatie altijd had gekenmerkt.

'O ja?' vroeg Gelosi. Het was een frase waarin geen werkelijke belangstelling klonk. Hans wilde weglopen en nooit meer een voet op het terrein zetten. Ongemerkt was het hem weer overkomen! En hij had zich nog wel voorgenomen niet van hulp en voorspraak afhankelijk te zijn. Weg van deze plek! Weg van deze man! Morgen zou hij er zelf op uitgaan. Hij zou een plan bedenken om klanten te bezoeken, zijn werk in grotere kring bekendheid te geven en agressiever op te treden in de markt, hoe vernederend hij het ook vond met zijn waar te moeten leuren als een marskramer.

Gelosi legde zijn hand op Hans' arm. 'Het spijt me. Ik kan je voorlopig niet helpen.'

'Waarom niet?'

'Millemorti. Ik mag geen enkele verdenking van vriendjespolitiek op me laden als ik straks tegen stem.'

Niemand was rechtschapener dan Gelosi. Niemand stond meer boven verdenking dan hij. Hij was koopman en socialist, een ongebruikelijke combinatie die met grote argwaan op zijn houdbaarheid was beproefd door vriend en vijand. Gelosi was een integer en voorzichtig man gebleken. Vooral die voorzichtigheid bracht hem in conflict met heetgebakerder geloofsgenoten zoals de jonge Pandolfi. Hans wist dat Gelosi's besluit vaststond. Hoezeer hij zichzelf ook voorhield dat Gelosi in hun beider belang handelde en dat deze pauze in hun betrekkingen een goede gelegenheid was zijn voornemens in praktijk te brengen, hij bleef het woord 'helpen' horen. Er werd weer liefdadigheid aan hem bedreven. Terwijl hij het terrein afliep, vloekte hij.

In café Semadeni op de Piazza da Cümün dronk hij een biertje en praatte hij wat met de kastelein. Drie mannen, die hij vaag kende, liepen naar het biljart en nodigden hem uit een partij mee te spelen. Hij staarde even naar het groene laken, maar sloeg het aanbod af. In zijn vingers voelde hij het gladde oppervlak, de volmaakte vorm en het gewicht van een biljartbal, en hij zag de ivoordraaier Jan Hofland bezig in zijn werkplaats onder de bogen van het spoorviaduct waar na het bombardement op Rotterdam noodbedrijfjes waren gevestigd. Om het halfuur denderde de trein naar Den Haag over en deed het gereedschap trillen en rinkelen. Hoe oud was hij toen hij daar voor het eerst in de deuropening ademloos van bewondering toekeek? Negen jaar misschien. Het was vlak na de oorlog. Nog altijd fascineerde hem de loop van een biljartbal en kon hij moeiteloos het beeld oproepen van Jan Hofland, die polijstte en rolde, polijstte en rolde... Hans Hartog stond op en verliet het café.

Voor het ossuarium, dat naast de kerk van San Vittorio was gelegen als een opdringerig memento mori, stond hij plotseling tegenover Daniele Puccio, die een karretje met post voor zich uitduwde. 'Uw landgenote is erg eenzaam. Ik heb haar vanmiddag van Selva mee naar beneden genomen. Ze huilde. Ik zag het wel, ook al dacht ze van niet. Nu zit ze bij Isabella. Misschien kunt u haar opbeuren?'

In vergelijking met de talloze schedels die in open nissen op bedden van knekels lagen, was het hoofd van Puccio uitzonderlijk klein. De wetenschap zou voor een raadsel geplaatst worden als later Puccio's gebeente werd opgegraven. Hans bleef hem aankijken alsof hij hem voor het eerst zag. De postbode lachte verlegen.

'Het was maar een idee,' zei hij, 'neemt u mij niet kwalijk.' Hij maakte een korte buiging en verdween even plotseling als hij gekomen was.

Hoofdstuk 2

'Zannoni, er is iets met je.'

Isabella Andreini, de eigenares van Bar-Ristorante Venezia, zette een glas cognac neer voor de man die aan de tap stond.

'Hoezo?'

Hij hief het glas en nam een slok, huiverde en nam snel een tweede slok. De man die Zannoni heette, had een gemiddelde lengte, grijzend haar en een bril, en was van de stof waarvan de massa gemaakt is. Hij bezat het perfecte uiterlijk voor een misdadiger, geen enkele gelaatstrek liet zich differentieel beschrijven. Hij had een katholiek gezicht: ernstig maar niet zorgelijk. Zijn blik gaf weinig uitsluitsel over zijn ziel, want hij keek zelden iemand recht en langdurig aan. Hij kon met iedereen overweg, omdat hij uit lafheid de moeite nam zich bemind te maken. En dus was hij burgemeester van de vijfduizend leden tellende dalgemeenschap.

'Je drinkt cognac voor het eten. Dat doe je alleen als iets je dwarszit.'

'Ik drink cognac wanneer ik er zin in heb.' Hij dronk het glas leeg en gebaarde naar Isabella hem nog eens in te schenken, maar hij keek haar niet aan. Zij deed niets, bleef wijdarms op de teek geleund wachten.

'Nog een,' zei Zannoni ongeduldig.

'Ik heb je gehoord.'

Isabella nam de fles en schonk langzaam in. De enige andere klant was de Hollandse vrouw, die in een hoek van de gelagkamer een brief schreef en secuur glas na glas een fles Veltliner leegdronk. Het hoogseizoen was nog niet begonnen. Straks zou een aantal vaste dinsdagavondklanten binnenkomen: Pandolfi, advocaat/notaris en ex-burgemeester, Graziani, de drogist, en Spavento, de aannemer, misschien ook de jonge Cimino, die alleen op uitnodiging mocht aanschuiven. Er was nog tijd genoeg voor een gesprek met Zannoni, die het tweede glas tussen zijn handpalmen heen en weer liet rollen en in de wiebelende vloeistofspiegel staarde. Ze legde haar hand op zijn arm en dwong hem met dat gebaar haar aan te kijken.

'Zannoni.' Als een moeder die haar kind liefjes om een dienst vraagt, dacht hij. Even keek hij haar in de donkere ogen, die permanent op overlopen stonden. Meer rimpels had ze in dit licht dan in het roze deemster van haar slaapkamer. 'Zannoni, luister. Als er iets met je is, wil ik je helpen, dat weet je.' Ze hielp altijd, ze hielp iedereen, op haar eigen wijze, die niet alleen Zannoni voorbehouden bleef. Dat wist hij. Isabella had een zwak voor mannen. En voor vrouwen. Vooral voor die mooie hoogbenige meisjes die ze als serveerster voor het seizoen aannam. Isabella had een groot hart en het was moeilijk haar te weerstaan. Zij was de moeder, de zuster, de minnares van allen, toevlucht der zondaren, vertroosteres der bedrukten, ivoren toren, gouden huis, ark des verbonds. Zij was dat ook van hem, Zannoni.

Hij had achteraan in de rij van vrijers gestaan, want zijn wettige vrouw had een scherpe blik en een scherpere tong. Vooraleer hij zich in Isabella's gunst aanbeval hadden zijn wanhoop en ergernis om de hardheid die hem thuis wachtte een treurig dieptepunt moeten bereiken toen de kinderen het huis uit waren en de volle maat van de echtelijke bemoeizucht op hem neerkwam. Hij was toen juist de zwaarlijvige Pandolfi als burgemeester opgevolgd en dat had zijn marktwaarde aanzienlijk verhoogd.

'Er is niets,' zei hij vermoeid.

In de twee jaar na zijn ambtsaanvaarding was hun verhouding in het geheim opgebloeid, maar tijdens het zomerseizoen, als de gazellen in hun kokette zwarte strakke rokjes en hun witte schortjes Isabella's huis vulden, zat hij op de reservebank. Dit jaar leek het seizoen vroeger ingetreden dan gewoonlijk, want ze was hem al in geen twee maanden voorgegaan naar haar kamer, die boven de keuken van het restaurant was gelegen (altijd warm daar en geurend naar bakvet en Femme de Rochas) hoewel de gazellen nog niet waren gearriveerd. Ze hield hem kennelijk op afstand en hij vermoedde de oorzaak.

'Ik zie aan je dat er iets mis is en ik wil dat je het me vertelt. Nu.'

Hij zuchtte en nam nog een slok. Hij wist dat hij het haar zou vertellen, ook al wilde hij niet.

'Ik weet het,' zei ze, 'ik weet het, o, ik weet het! Millemorti. Je bent bang voor de hoorzitting en het referendum. Nota bene je eigen voorstel!'

'Onzin. Ik ben niet bang. En mijn voorstel was op jouw uitdrukkelijk verzoek.'

'Wie zegt dat je er verkeerd aan hebt gedaan?'

'Je toon impliceerde het.'

'Het is een van de weinige verstandige dingen die je hebt gedaan in de kwestie-Millemorti.'

'Mijn vrouw beweert het tegenovergestelde.'

Hij kon zich wel voor zijn kop slaan. Het was uitermate onverstandig de mening van mevrouw Zannoni ter sprake te brengen. Isabella was niet jaloers, integendeel, zij voelde zich verre de meerdere en dat maakte het juist zo moeilijk voor hem. Ze verborg haar minachting niet en vernederde hem ermee. Isabella lachte, niet honend want hoon zou gekwetstheid verraden, maar vrolijk. Ze wierp het hoofd met het korte, roodgeverfde haar achterover en lachte. Haar witte keel klokte als de krop van een duif. Hij zag de jaarringen. Een lichte struma had ze. Vandaar ook de ietwat uitpuilende ogen, die hij zo charmant vond.

'Wat heb je het toch moeilijk, Zannoni. Je doet iets omdat ik het wil en je maakt je zorgen over de afkeuring van je vrouw. Vervolgens doe je iets om haar gunstig te stemmen en ben je bang voor mij. Zo gaat het met alles. Je moet boven de partijen staan, maar je laat je tussen hen verpletteren. Je bent Simson zonder haar die de zuilen van de tempel niet meer uit elkaar kan houden.' Isabella maakte graag literaire toespelingen en bekommerde zich niet om de juistheid van haar parafrasen. Weer lachte ze. Ze reikte over de bar heen om door zijn haar te woelen, als bij een kind dat een beetje geplaagd wordt. Hij weerde haar af en streek zijn haar glad.

'En het is zo gemakkelijk allemaal,' zei ze. 'Als jij doet wat je moet doen, komt dat Millemorti-project van die dikke uitzuiger er niet. Wat is er nou zo moeilijk aan iets te laten zoals het is?!'

Hij voelde dat hij het ging vertellen door een prikkeling in zijn mond alsof hij moest braken. Het was niet meer tegen te houden.

'Er komt geen referendum.'

Isabella liet de betekenis van de bekentenis tot zich doordringen.

'Het project-Millemorti wordt dus te zijner tijd gewoon als voorstel in de gemeenteraad gebracht.'

'Er is geen verschil,' trachtte Zannoni de opkomende woede van Isabella te temperen, 'de raad is een evenredige vertegenwoordiging van de bevolking. Het resultaat van een referendum is in principe niet anders dan de uitslag in de raad.'

'Was dat maar waar!' Isabella sloeg met de vlakke hand op de bar. De Hollandse keek op van haar brief. 'De meerderheid van de raad danst naar het pijpen van Pandolfi. Met een referendum zouden we nog een kans hebben. Nu niet.' Ze keek hem aan alsof ze hem persoonlijk verantwoordelijk stelde voor een catastrofe, en dat deed ze ook.

'Het was al moeilijk genoeg het voorstel voor de hoorzitting erdoor te krijgen.' Zannoni verdedigde zich pruilend. 'Moeilijk?!' riep Isabella uit. 'Het was een makkie. Twee zieken bij de christen-democraten en het was bekeken!' Ze herinnerde zich met satanisch genoegen de kleine manipulatie met de maaltijd van twee vaste dinsdagavondgasten, die tot hun spijt een avond later verstek moesten laten gaan bij de raadsvergadering. En nu liet Zannoni zich dat voordeel zo makkelijk uit de hand spelen. Een herhaling van de geslaagde kunstgreep zou verdenking op haar laden, en daar voelde ze weinig voor. Twee jaar had ze in deze grijze, weifelmoedige man geïnvesteerd – niet geheel zonder plezier want hij bleek op lange winteravonden een fantasievol minnaar te zijn, steeds bereid haar een genoegen te doen – en ze hoopte rente te krijgen op haar kapitaal, maar de mededeling van Zannoni sloeg haar hoop de bodem in. Het Millemorti-project, uitgedacht en opgezet door de oude Pandolfi, zou nu zeker worden gerealiseerd. Er zouden vakantieappartementen verrijzen en er zou een skilift worden gebouwd. En dat was nog maar het begin. Voor je het wist was het dal vergeven van de bontmantels en de kouwe kak.

Isabella was een zomermens. Ze leefde van de zomer en voor de zomer. In de winter had ze geen behoefte aan drukte. Ze hield winterslaap, als een eekhoorn, vond ze zelf. Ze had ook eekhoornkleurig haar en bruine kraalogen. Maar de eekhoornsnelheid was ze kwijt. De jaren hadden vet afgezet op haar heupen; haar buik, eens plat, vertoonde nu een welving als de lijven van Eva's op middeleeuwse schilderijen. Als ze op haar rug lag, vielen haar borsten opzij, en lag ze op haar buik, dan hingen haar wangen en wallen naar beneden. Het was moeilijk in bed nog bevallig te liggen. Zannoni had ze uit berekening genomen en niet uit liefde, hoewel ze zeker tot liefde in staat was. Maar hij was in het gebruik tegengevallen. Ze kon minder gedaan krijgen via hem dan ze had verwacht. Zijn toegeeflijkheid aan toonaangevende dorpelingen en zijn beïnvloedbaarheid putten haar geduld langzaam uit. Met zijn laatste mededeling had hij haar een goede reden gegeven over te gaan tot het eindspel.

'Luister, Zannoni, zo meteen komt de club van Pandolfi. Je kunt onder deze omstandigheden beter niet in een tête-à-tête met mij gezien worden.' Minstens tien antwoorden konden hem in haar ogen een beetje rehabiliteren, want ze praatte natuurlijk onzin. Haar verhouding met Zannoni was een publiek geheim en Zannoni was geregeld legaal te gast in de openbare gelegenheid van Isabella. Maar hij koos het ene antwoord dat alles erger maakte.

'Je hebt gelijk. Ik ga.' Hij dronk zijn glas leeg en liep naar de deur. Isabella, zich onbespied wanend, maakte een obsceen gebaar in de richting van de burgemeester.

Anna, getroost door de Veltliner, schreef intussen:
'Goede Frouk en – deo volente – Lancelot H.,
Ik, Anna Arents, koningin van de Amsterdamse vernissages, lid van de kaste der postmodernen, aspirant-lid van de gemeenschap der anti-postmodernen, bevind mij op een plaats waar niemand mij zou denken laat staan wensen, en als ik er de moed toe had en de audience dan maakte ik mijn verblijf hier tot een performance die zijn weerga niet kent. Daartoe dirigeerde ik drie treinen met geblindeerde ramen vol vrienden en kennissen naar hier. Boven op de Berninapas liet ik de zwarte rolgordijnen omhoog springen. Vervolgens daalden de verbijsterde en door het landschap overdonderde passagiers af naar dit dorp. Op de hellingen van de bergen die als wachters dit dal omzomen (dit intens groene dal: een in platina – de fonkelende sneeuwvelden – gevatte smaragd), zou ik jullie verspreiden, elk gewapend met een verrekijker gericht op mijn antics. Jullie zoomen in op mijn tocht van huis naar station, het groeten van de slager, het afgewende stuurse hoofd van de eeuwig met

een peuk uitgeruste juwelier-zonder-klanten die in zijn deuropening staat, en het geruisloze autootje van de postbode die mij Frau Doktor noemt en die buigt. Mijn schoenen vooral vallen jullie op. Hoge, bruine juchtleren stappers met zilverkleurige nestels en rode veters. De harde neuzen voelen aan als de spitzen van een ballerina. Op dat gereedschap zien jullie mij onder een sombere en diep doorbuigende hemel de wandelpaden in kaart brengen, het gebied veroveren, opslokken, verteren, de bergen "verinnerlijken". Ik heb ervaren dat wandelen een terugkeer is naar de oermoeder, naar het oer-ik. Hoe moet ik het uitleggen zonder dat je gaat lachen? Lopen brengt je terug tot je essentie. Er is alleen de aarde en de lucht en je lichaam, de drie wezenlijke voorwaarden voor bestaan. (De wijn hier is heel hebbelijk, een der weinige vreugden in dit onttakelde leven.) De natuur daagt mij uit tot in bezit nemende schijnbewegingen.

Mijn koffer met boeken is kwijt. De bergen bieden zich aan als vervangers voor mijn oorspronkelijke doel. Welk verschil bestaat er tussen het bedwingen van wetenschappelijke bergen en de beklimming van toppen die in zuurstofarme blauwe hoogten staan. Ik weet het niet. Het schijnt mij toe dat niet één ervan wacht op het planten van mijn vlag. Ik ben ze onverschillig. Ik leef in een ander deel van de tijd. Zij zijn als de werelden achter de zwarte gaten. Astronomie heeft mij altijd gefascineerd. Ik voel mij mateloos aangetrokken door die zwarte gaten in het fluweel van het sterbespikkeld firmament (hoe zeg ik dat?), die ik mij voorstel als de put van Vrouw Holle. Opgeslokt en uitgespuwd belandt de avonturier in een andere dimensie. (Je bemerkt dat dit een *stream-of-consciousness*-brief wordt. Laat hem alsjeblieft niet aan je therapeut lezen. Die wijn is werkelijk van goede kwaliteit.)

Dit dorp is oud en merkwaardig goed geconserveerd. De Zwitsers zijn, zelfs zo zuidelijk, nijvere bijen met een hang naar boenwas en een voorkeur voor de vloermop. De verfkwast wordt driftig gehanteerd, evenals de schoffel, de zeis en het pikhouweel. Er is hier geen duidelijke, grote bron van inkomsten, geen industrie die welvaart verschaft, geen massatoerisme, toch zijn er veel bouwactiviteiten. Alles is hier schreeuwend duur. Je vraagt je dus op zijn Hollands af waar ze het van doen. Ik hou niet zo van Zwitsers, ze zijn kleinburgerlijk. Beleefd maar achterdochtig, tuk op geld maar niet gul. Vrouwen hebben hier wel passief maar geen actief kiesrecht. Dat is bespottelijk. Maar misschien is de Zwitserse vrouw wel verstandiger dan wij: wat zou je je bemoeien met een democratie die het bankgeheim handhaaft, het lidmaatschap van de Verenigde Naties afwijst en dag in dag uit op de radio blaaspoepers ruim baan geeft. Ik hoorde laatst van een Deen nota bene (ook al zo'n door en door humoristisch volkje) een aardige grap over Zwitsers. Vraagt iemand aan een Zwitser of hij weet wie de eerste mens was. Zegt de Zwitser: "Sicher! Wilhelm Tell." Zegt de ander: "Maar Adam was toch de eerste mens." Waarop de Zwitser met zijn keutelige accent zegt: "Jao, wenn Sie die Ausländer mitrechnen!"

Ik zit in een vrijwel lege gelagkamer. Er is nog een andere gast, een grijze man die met de waardin spreekt. Ze hebben iets met elkaar. Ruzie op dit moment, althans zo klinkt het. Zij slaat op de bar. Ze heeft rood haar, heel opvallend voor dit dorp, en ziet eruit als een Italiaanse mama, een kruising tussen Sophia Loren en Anna Magnani. De mensen hier zijn niet mooi, niet trots of zelfbewust. Herinner je onze tocht door Joegoslavië (jij almaar diarree, ik constipatie), toen wij Montenegro aandeden. Wat een wereld van verschil met die Kroaten en (*nomen est omen*) Slaven! De Montenegrijnen, bergvolk, bewoners van onherbergzame kloven, hadden een fierheid in houding en blik waar geen adelborst aan kon tippen. Hier, in dit toch ook afgelegen dal, niets van dat alles. Het is een kuil wormen. Ik mis het vuur.

Razernij beweegt mij voort, woede om het verlies van mijn doel, verachting om dit mierenhoopje. Ik zou een god willen zijn en dit oord van de kaart vegen, zoals eens de god dit dal gesloten heeft door aan de ene zijde een berg te doen neerstorten als wraak voor de zondigheid van een dorp, daarbij een ander – braaf – dorp sparend dat vanaf dat moment Angeli Custodi (Beschermengelen) werd genoemd, en door aan de andere zijde op dezelfde wijze een drempel op te werpen die de weg naar het zuiden afgrendelt en het water in een stuwmeer verzamelt. Er zijn vele verhalen te vertellen over de ingreep van de goden alhier. Zal ik een causerie houden over noodlot of toeval, of over god? Nee, er gebeurt wat er gebeurt en dat ontstemt mij hevig. Ik ben graag meester van de situatie. Toch houdt iets mij hier. Misschien mijn onwil ongelijk te bekennen. (Ik ledig een fles wijn. Dat is wat veel. Ik dek hem maar toe met een hap eten.) Welnu, dierbare Frouk, er is hier ook veel niet gebeurd. Daarover later. Moegestreden maar nog lang niet verslagen, je Anna'

Graziani, drogist, gemeenteraadslid, oprichter en voorzitter van de plaatselijke Lions Club, sloot stipt om halfzeven zijn winkel, die schuin tegenover Bar-Ristorante Venezia lag, hing zijn witte jas aan een knaapje in het kantoortje, overhandigde zijn zoon Renato de sleutels van kas en achterdeur, kamde zijn dunnende grijze haar terwijl hij met genoegen in de spiegel keek, en begaf zich met een air van gewicht, mede veroorzaakt door een niet zonder trots gedragen embonpoint, naar Isabella's restaurant. De gedachten die hij bij wijze van voorpret aan haar wijdde waren vol lust en zelfbehagen. De diepe gleuf in haar decolleté, die vooral 's zomers zichtbaar was maar die hij naar believen voor zijn geestesoog kon doen verschijnen, verhoogde zijn eetlust. Hij stelde zich haar billen voor als het spiegelbeeld van die twee geweldige, blanke borsten, en zijn verlangens richtten zich op de vier heuvels van dat lichaam en bouwden er zijn stad van zonde. In tegenstelling tot Zannoni en alle anderen die geen weerstand hadden kunnen bieden aan de uitgestalde, ongehuwde verlokkingen (slechts zelden bracht iemand nog Isabella's echtgenoot ter sprake, die jaren geleden plotseling was verdwenen), hield Graziani zich verre van een poging zijn dromen te verwezenlijken, omdat dromen veel mooier zijn dan de bezwete werkelijkheid en omdat zijn diep en oprecht geloof hem verbood een andere vrouw dan zijn wettige te bezitten. Over begeerte spraken de tien geboden ook wel, maar dat was veel moeilijker te controleren. Hij achtte zich uit hoofde van de kracht die het geloof hem schonk een beter mens, hoewel zijn voorzitterschap van de Lions eveneens een substantiële bijdrage leverde aan zijn eigendunk.

Hij was belangrijk in het dorp. Zijn vader was drogist geweest en zijn grootvader was de winkel begonnen door zelfgemaakte brandnetelsap te verkopen als liefdeselixer, nierspoeling, middel tegen voetrot en wat dies meer zij, alles onder een ander etiket. Die vondst stond aan het begin van de huidige welstand, maar het geslacht Graziani had sinds mensenheugenis het dal bevolkt. De eerste vermelding in de annalen was van een Graziani die twee schapevachten had gestolen en daarvoor tot het blok was veroordeeld, de tweede van een voorouder die het tot diaken in het bisdom Milaan had gebracht. Over die laatste sprak de drogist bij voorkeur. Vele Graziani's waren geëmigreerd naar noordelijke kantons. Er was zelfs een tak geweest die in de achttiende eeuw, toen er door rooftochten, oorlogen en natuurrampen een periode van grote armoede heerste in het dal, naar Spanje was vertrokken, om daar fortuin te maken als suikerbakkers. Een aantal generaties later waren nakomelingen van die landverhuizers weergekeerd naar de Heimat en hadden daar aan de rand van het dorp een rij palazzi laten bouwen die in stijl leken op Engelse landhuizen met

Baskische balkonnetjes. Die wijk werd nog steeds het Spaniolenviertel genoemd. Het centrum van de familie Graziani was de drogisterij in Chiavalle, het erfgoed van de eerstgeboren zoon.

Alle uit het dal vertrokken Chiavallini hielden contact met hun geboortestreek, en waar ook maar een kleine gemeenschap ex-dalbewoners bestond, hetzij in Basel, hetzij in Biel, werden er Chiaveller feesten gegeven, waarvoor men de beroemde ringbroden liet overkomen. Die broden waren een typisch voorbeeld van zuinigheid en efficiency: van oud brood werd nieuw deeg gemaakt; om de muffe smaak tegen te gaan voegde men anijs toe, en het resultaat was een goedkoop, hard en smakelijk baksel, na twee dagen geschikt om een muurtje van te metselen. Goed voor de ontwikkeling van de kindergebitten. 'Dit dal kent geen cariës!' riep Graziani eens uit tegen een vertegenwoordiger in tandpasta. 'Uw fluor is niet nodig!' Wel bestelde hij een grote hoeveelheid steradent voor de reiniging van kunstgebitten. De vertegenwoordiger die hem op die inconsequentie betrapte zette hij op zijn plaats door te wijzen op de zeer hoge gemiddelde leeftijd die de dalbewoners bereikten. Mochten er dan een paar kunstgebitten bij zitten!

De hoge leeftijd van de dalbewoners, of die nu veroorzaakt werd door het eten van brood uit de Chiavell of door het trage tempo van het leven in het dal, had echter een keerzijde waar de drogist niet graag met buitenstaanders over sprak. De bevolking vergrijsde snel, de jeugd keerde het dal de rug toe en zocht het losbandige leven van Zürich en Bern. Velen kwamen na hun hogere opleiding, waarin het dal niet kon voorzien, niet terug. Slecht geschoolde jongeren, die in andere kantons geen werk konden vinden, bleven achter. Graziani prees zichzelf en de dorpsgemeenschap gelukkig met zijn moderne inzicht dat de regionale economie een injectie nodig had. Die mening, die zonder plan vanzelfsprekend tamelijk gratuit was, uitte hij regelmatig in de raadsvergadering. Bij die gelegenheden buitte hij ten volle de sonoriteit uit die zijn stem had verkregen in het kerkkoor, waar zijn bariton de steun en toeverlaat was bij de inzet van het altijd weer moeilijke *Tantum Ergo*. Hij was overtuigd van de correlatie tussen welluidendheid en welsprekendheid. Een lelijke, krassende stem of een neuzelend geluid, zoals dat van Zannoni, kon geen juiste argumenten naar voren brengen.

Graziani zag Zannoni wegsluipen in de steeg. Hij keek hem met minachting na. Die man tot burgemeester laten kiezen was een gouden greep geweest. Hij was handelbaar, bemind en chantabel zodra Isabella – die daarmee zonder twijfel haar eigen duistere doeleinden diende – hem tot heerlijkheid bevorderde. De dinsdageters hadden de amoureuze escapades van de burgemeester met onverholen genoegen aanschouwd en hun kennis, die door het gehele dorp, mevrouw Zannoni uitgezonderd, werd gedeeld, zonder dralen gebruikt om hem onder druk te zetten in de kwestie-Millemorti. Graziani twijfelde niet aan de gunstige uitkomst van het project, maar nu de hoorzitting naderde betrapte hij zich erop argumenten en overwegingen mompelend te herhalen terwijl hij op straat liep.

Toen hij de deur van het restaurant opendeed, in de verwachting zoals altijd de eerste van de club te zijn, zag hij Isabella de tafel dekken voor de Hollandse vrouw, die nu al twee weken in haar eentje niets liep te doen, zogenaamd op zoek naar een verdwenen koffer boeken. Isabella's billen en heupen boden de aanblik van vers brood. Hij wist niet hoe hij aan die vergelijking kwam, misschien doordat hem het water in de mond liep. Zodra ze klaar was, liep ze naar de bar om zijn drankje te halen. Zonder op te kijken had ze zijn binnenkomst bemerkt. Hij dronk altijd een Pernod; dat vond hij deftig en bovendien in smaak passend bij zijn métier. Graziani's wereld was geordend. De periode tussen zijn entree en de komst van de anderen benutte hij om, nippend van zijn Pernod, Isabella's bewegingen te volgen. Het was het zondige kwartier. Het kwam hem toe, vond hij. Graziani's kwartiertje was goedkoop (een overweging die zeer bij hem telde) en onschuldig.

Spavento maakte met zijn binnenkomst een eind aan de geheime genoegens. Hij gooide met een nonchalant gebaar het nieuwste nummer van de streekkrant *Il Grigione Italiano* op tafel.

'Bladzijde twee,' zei hij. De klank van zijn stem gaf Graziani een steek van jaloezie. Vrouwen vielen voor zo'n donker, hees timbre. Kijk Isabella eens aan komen draven, zie eens hoe de Hollandse, scheel van de Veltliner, van haar bord opkijkt!

De aannemer was de *beau garçon* van het dorp geweest, totdat de mare van zijn impotentie de ronde deed (gefluister en gegiechel in de rijen petticoats op het 1 augustusbal). Het gerucht was afkomstig van een meisje dat als *Serviertochter* in Zürich enige levenservaring had opgedaan en dat door Spavento was afgewezen omdat hij haar ordinair en dik vond. Kort daarna ging het verhaal van zijn homoseksualiteit. Wie het niet met meisjes kan, doet het met mannen. Maar hij gaf geen grond aan de vermoedens. Geen stiekeme uitstapjes naar Milaan, geen vakanties in Tunesië, geen bezoek van verre neefjes. Hij was vrijgezel gebleven, had zich nooit in Isabella's warmte gekoesterd, maar had gewerkt als een paard totdat hij de rijkste man van het dal was, hetgeen hem macht en aanzien gaf en de geruchten deed verstommen.

'Wat staat er op bladzijde twee?' vroeg Graziani geërgerd en hij sloeg de krant open. In een kader dat op een rouwrand leek was een brief geplaatst die als volgt begon: '*Cari concittadini*, er wordt een moord beraamd.' Snel gleden Graziani's ogen over de regels, waarin de voorstanders van het project-Millemorti werden vergeleken met fascisten, erger nog: nazi's. Het woord *mafiosi* kwam erin voor, corruptie, chantage. De scala scheldwoorden was indrukwekkend en de beschuldigingen waren ernstig. De leden van de gemeenteraad die voorstander waren van het project zouden hun persoonlijke belangen niet kunnen scheiden van het algemeen belang. Integendeel, zij vulden stelselmatig hun eigen zakken ten koste van hun dorpsgenoten, ja zelfs van het allerhoogste Zwitserse goed: De Natuur. Met naam en toenaam somde de schrijver de personen op die winst hadden te verwachten uit Millemorti. Spavento stond nummer een, Pandolfi twee. Graziani figureerde lager op de ranglijst. Het epistel was ondertekend met: Beniamino Pandolfi. Graziani's tussen zijn kunstgebit ontsnappende adem maakte een geluid als een leeglopende ballon.

'Beniamino... Weet Luigi het al?'

Op dat uitstekend gekozen moment kwam Luigi Pandolfi binnen, de dikste en invloedrijkste man van het dal. Hij bezat een indrukwekkende gestalte. Er zijn stammen in Polynesië waar de vorst wordt vetgemest als bewijs van zijn heerschappij en zijn rijkdom. Zelden zag men Pandolfi echter grote maaltijden verorberen. Zijn gewicht had een geheimzinnige oorsprong. De magie van dat geweldige lichaam dat zonder zichtbare bron zwol, gaf aanleiding te geloven in een kracht die uitsteeg boven het gemiddelde. Daarbij kwam een uitzonderlijke verbale en theatrale begaafdheid, die het equivalent vormde van zijn omvang. Hij had het nooit nodig gevonden zijn talenten te exploiteren buiten de grenzen van het dal. Ongekroond koning te zijn van dit tongvormige grondgebied was hem genoeg. Strijd noch competitie vreesde hij, maar hij had een hekel aan reizen. Hij was sedentair, als het ware door God zelf in dit dal geplant met de opdracht het te besturen als een streng maar rechtvaardig vorst.

Hij had een talrijk kroost, meisjes vooral, die qua gestalte hun vader naar de kroon staken. Eén zoon had hij, Beniamino, de jongste en de magerste. De oudere zusters verwenden hem, ze maakten een speelpop en een papkind van hem en stonden tussen de vader en de zoon in als een wal van zacht blank vlees. Luigi Pandolfi had de zweep gehanteerd, maar de jongen kroop weg achter de brede heupen van de pronte zusters en ontsprong de dans, daarbij een wrok opbouwend jegens zijn vader die te veraf stond en te hard was. Het conflict was vader noch zoon aan te rekenen. Er zijn mensen - zelfs binnen een gezin – tussen wie geen begrip mogelijk is, hoezeer beiden proberen te zijn waartoe fatsoen en stamgewoonten hen veroordelen. De Pandolfi's stonden in ieder opzicht tegenover elkaar. Geen mening deelden ze. Voor het oog van de wereld werd de tweespalt gebrekkig toegedekt door de verontschuldigende opmerkingen van de vrouwen: de enige zoon van een zo sterke vader moest zich meten om de eigen krachten te beproeven. Er was geen echte kloof, hielden ze vol, ook toen de zoon socialist werd en daarmee niet alleen stelling nam tegen de christendemocratische politiek van de vader maar tevens zijn gehele katholieke opvoeding verloochende. De dorpelingen volgden de strijd op gepaste afstand. Men wachtte zich ervoor iets ten nadele van Beniamino te zeggen tegen Luigi en omgekeerd. Ook al speelde de twist zich meer en meer in het openbaar af, het was en bleef een familiekwestie. De affaire-Millemorti spleet niet alleen het gezin Pandolfi in tweeën; de scheidslijn liep dwars door de politieke partijen en dus ook dwars door de families heen. Dat maakte de strijd wisselvallig en de uitkomst onzeker.

Isabella bracht Pandolfi en Spavento hun aperitief. Ze zag aan de spanning waarmee de drogist en de aannemer de dikke man observeerden dat er een belangrijke zaak aan de orde was en dat ze Pandolfi's oordeel vreesden. Op tafel lag de *Grigione Italiano*. Het schoot Isabella te binnen dat er vorige week een snerend ingezonden stuk was gepubliceerd waarin de tegenstanders van het project-Millemorti werden afgeschilderd als uiterst reactionaire provincialen, die *à tort et à travers* wilden vasthouden aan waarden die sinds de economische crisis hun betekenis hadden verloren, als valse profeten, moordenaars van een samenleving die atrofieerde en ten dode was opgeschreven. Ondanks vele gissingen wist niemand wie de schrijver was. Hij had veel losgemaakt in de gemeenschap. Zij die zich niet hadden geëngageerd werden gedwongen een standpunt in te nemen; zij die werden aangevallen moesten zich verdedigen. Beniamino Pandolfi, socialist en onderwijzer, enige zoon van de ongekroonde koning, reageerde nu als eerste in druk op de aantijgingen van de anonieme auteur. Zijn reactie deed het conflict escaleren. En dat paste misschien precies in de opzet van de eerste briefschrijver.

'Heb je de open brief van je zoon al gelezen?' vroeg Spavento zo neutraal mogelijk.

'Ja, hij heeft hem mij apart toegestuurd,' zei Pandolfi. Vervolgens zweeg hij langdurig, een duidelijk teken van zijn misnoegen, dat zijn slaven in zenuwachtige beroering placht te brengen. Isabella ging naar de keuken om de kok te zeggen dat de heren er waren. Pandolfi volgde haar met zijn ogen en wachtte tot ze was verdwenen; hij sloeg geen acht op de Hollandse, die toch niets verstond en die al haar aandacht nodig had om haar *pizzocheri* naar de mond te brengen.

'Laten we voorzichtig zijn met onze woorden,' zei Pandolfi. Graziani knikte gewichtig en schoof zijn stoel dichterbij. De samenzwering was zijn habitus. Pandolfi schraapte de keel als om een toespraak te beginnen of te repeteren.

'De verdeeldheid in het dal verbreekt vriendschappen en drijft families uiteen. Maar niets groots komt tot stand zonder pijn en moeite. Wij hebben het gelijk aan onze zijde. Wij staan aan de kant van de toekomst. Wij mogen onze plicht ook ten opzichte van hen die dwalen niet verzaken alleen uit vrees voor een conflict. De liefde voor het dal gaat boven de liefde voor het kind. De gemeenschap is belangrijker dan de individu. Het doet mij als vader verdriet de beschuldigingen van een misleide zoon in druk te zien verschijnen als een openbare aanklacht, een demonstratie van falend vaderschap, maar ik zal hem en zijn kornuiten bestrijden met alle middelen die ik heb.' Hij verborg zijn gelaat achter zijn oude babyhanden. De andere twee zwegen vol ontzag voor het geëmotioneerde en toch ingehouden betoog van de notaris.

'Die beeldhouwer stookt hem op,' zei Graziani na een korte stilte om Pandolfi gunstig te stemmen en op te beuren. 'Die vreemdeling denkt zich na een paar jaar Chiavallino te mogen noemen en zich te bemoeien met onze zaken. Hij is vast en zeker een communist, een spion, een oproerkraaier. Die Hollanders zijn een raar volkje. Misschien heeft híj dat stuk wel geschreven, en heeft Ben het alleen maar vertaald.' Wat een vondst! dacht Graziani. Een zo mooie vondst moest wel waar zijn. Pandolfi en Spavento keken hem verbaasd aan.

'Ben heeft het ondertekend,' zei de laatste. 'Dat betekent op zijn minst dat hij het ermee eens was.'

'Ben is gemakkelijk te beïnvloeden. Die Hollander heeft hem in zijn macht. Dat kan toch niet anders!'

Spavento en Pandolfi bezaten een iets genuanceerder wereldbeeld dan Graziani; zij zagen weliswaar de vanzelfsprekendheid van diens gevolgtrekkingen niet in, maar het zaad van de twijfel was gezaaid. Het was een mogelijkheid die niet zomaar terzijde moest worden geschoven, of het nu waar was of niet. Voor de décharge van Beniamino en de beschuldiging van een buitenstaander konden ze dan eventueel een zegsman aanwijzen, die ook de verantwoordelijkheid voor een leugen in zijn schoenen geschoven kreeg.

Zover dacht Graziani vanzelfsprekend niet, anders had hij wel zijn mond gehouden. Hij voelde terreinwinst en ging uitvoerig in op de keren dat de Hollandse beeldhouwer in geheim conclaaf met Pandolfi jr. was gesignaleerd. De vreemdeling was een Mefisto. Hij had hem nooit vertrouwd, en hij had een instinctmatige mensenkennis, voorbeelden te over. Wilden ze er een paar horen? En van kunstenaars kon je alles verwachten. Onbetrouwbaar en losbandig volk. De woorden borrelden hem naar de lippen. In zijn mondhoeken vormden zich vlokjes schuim. Pandolfi zon intussen op een strafexercitie voor zijn zoon en Spavento bouwde voor de zoveelste maal Millemorti vol vakantiehuizen.

'We hebben het fout gedaan,' zei Spavento opeens, dwars door de woordenvloed van Graziani heen, die geschokt zijn kaken op elkaar klapte. 'We hadden het hele project moeten splitsen, eerst een vergunning voor een paar huizen, en dan pas de rest. Cimino heeft te veel naar buiten gebracht aan het begin en wij hebben hem niet tegengehouden.'

Pandolfi hief zijn handen zoals een dirigent een koor tot stilte brengt. 'Het doet er niet toe wie deze situatie in de hand heeft gewerkt. Wat telt is het resultaat. We moeten vertrouwen hebben in onze kracht en inventiviteit.' Eufemismen voor intimidatie en omkoping, zou Beniamino Pandolfi zeggen als hij het kon horen.

Isabella bracht de maaltijd. Graziani weidde even op de heuvelen. De Hollandse vroeg om de rekening. Terwijl Isabella naar de bar liep, ging de deur open en kwam Hans Hartog binnen. De drie mannen keken hem zonder te groeten aan. De beeldhouwer zei *Bondi* en schoof een stoel aan bij de tafel van de Hollandse. Twee vreemdelingen. Juist dat normale bondgenootschap tussen landgenoten ver van huis onderstreepte de opinie van de drogist. Door bij Anna te gaan zitten maakte Hartog zich definitief tot het slachtoffer van de xenofobie der Graziani's.

Hij zag dat ze dronken was, niet laveloos, maar beschaafd beschonken, en hij kreeg prompt spijt van de impuls die hem ten slotte naar La Venezia had gebracht, omdat de opmerkingen van Puccio hem niet loslieten. Ze viel volledig uit de toon in deze omgeving. Vrouwen van haar leeftijd – en hij schatte haar tegen de veertig – waren in dit dal veelal uitgedijd tot moederformaat en hielden zich niet meer bezig met opschik en ijdelheid; bovendien kerfde het bergklimaat de huid betrekkelijk snel en beheerste de dorpskapper niet meer dan een stevige permanent. Anna Arents zag er goed verzorgd uit, ze was lang, had Scandinavische trekken, kleren uit Milaan en een platinablond kapsel als een Andy Warhol-model. Misschien was hij haar wat hard gevallen toen hij haar verjoeg uit zijn paradijs. Hij had haar op zijn minst een korte, tot niets verplichtende rondleiding kunnen geven, waarmee hij zonder schuldgevoel van haar verlost was geweest.

De wijn had Anna's blik voor sommige details gescherpt. De entree van de beeldhouwer was niet routineus geregistreerd door de overige aanwezigen. In de blikken van de drie etende heren was de afkeer bijna tastbaar, maar de waardin met het rode haar en de bolle bruine ogen zond een buitengewone warmte naar Hans Hartog uit. Anna voelde zich niet op haar gemak. Er was een strijd gaande waarvan ze de inzet niet kende. Toen ze hem haar tafel zag naderen, verzamelde ze haar in alcohol verzwommen gedachten en concentreerde zich op het aanstaande gesprek. Vol ergernis merkte ze dat haar hartslag voelbaar werd in haar keel en dat een prikkeling door haar ingewanden schoot, een 'zinking' noemde ze dat als klein meisje op de schommel.

'Het spijt me dat ik je vanmiddag wegstuurde, het was onbeleefd van me.'

'Het was mijn eigen schuld,' zei Anna. 'Ik had niet binnen mogen dringen. Je stond in je recht.'

De stilte die viel, werd door beiden verbroken. Met een gebaar gaf Hartog haar voorrang.

'Eén ding liet me niet los. Waarom liggen je beelden zomaar zonder sokkel of bodemplaat in het gras? Ze zijn van hout, misschien wel geïmpregneerd, maar toch... ze kunnen wegrotten.'

Sommige lettergrepen waren moeilijk verstaanbaar, andere overdreven gearticuleerd, haar tong sloeg nog net niet dubbel. Zou ze weten hoe in dit dorp over dronken vrouwen werd gedacht? Hij verschoof zijn stoel zodat het driemanschap haar niet kon zien. Waarom beschermde hij haar? Uit schaamte of uit hoffelijkheid? Hoe ver zou ze gaan?

'Wat wil je drinken?' vroeg hij. 'Een glas wijn? Een cognac?'

'Nee dank je. Ik heb al te veel gedronken. Geef mij maar een koffie.'

Hans bestelde twee koffie bij Isabella, die haar ogen niet van hem had afgehouden.

'Wil jij niet dat ze wegrotten?' vroeg hij Anna.

'Nee natuurlijk niet. Het is toch zonde als ze binnen een paar jaar vermolmd uit elkaar vallen en als er paddestoelen op groeien.'

'Zonde. Wat is nou zonde? Lijkt het je niet mooi, elfenbankjes en vliegenzwammen in de gespleten bol?'

'Is het je bedoeling dan? Is het opzet?'

'Wie weet,' zei Hans Hartog ontwijkend. Anna had een hekel aan dergelijke mystificerende opmerkingen; zij was ervan overtuigd dat eeuwigheidsaspiraties elke kunstenaar eigen zijn. Kunst is de gooi naar het Goede, het Schone, het Ware; kunst is het wapen waarmee de kunstenaar de dood verslaat, vond zij, en zelfs het vluchtige experiment moest op foto of video worden vastgelegd. Zijn houding moest een pose zijn.

'Als je je werk beschouwt als een geheel van uitspraken

over wat dan ook, het leven voor mijn part of de kunst, is dan het prijsgeven aan erosie de sublimatie van je angst voor de dood? Met andere woorden: kan het je echt niet schelen als de denneboktor toeslaat?'

Hans schoot in de lach. Anna ook, maar om een andere reden. Isabella zette de koffie voor hen neer en legde even in een intiem gebaar haar hand met lange rode nagels op zijn schouder. Dat ontging Anna niet.

'Nee. Ik denk niet dat kunst iets toevoegt aan de natuur dat de moeite van het bewaren waard is. Eeuwigheid bestaat niet.'

'Waarom zou je dan de moeite nemen om kunst te maken?'

'Zomaar,' zei Hans.

'Zomaar, *mon cul*,' antwoordde Anna modieus. 'Je barst vast van de pretenties.'

'Als jij het zegt zal het wel zo zijn. Kunst is voor mij werk. Het is een ambacht als koekoeksklokken maken.'

'Waarom maak je dan niet zoiets nuttigs als koekoeksklokken?' Daar heb ik hem tuk, dacht ze, eindelijk weer een gesprek met inhoud.

Anna's dronkenschap en haar opluchting om het menselijke contact maakten haar loslippig. Ze stak van wal om zijn pretenties op te sommen. Toen ze aan de andere oever was aangekomen, lachte Hans Hartog kwetsend hartelijk en applaudisseerde. Anna wist niet goed hoe ze zich uit deze situatie moest redden. Ze speelde met haar lege kopje en keek een beetje onzeker en scheel naar Hans Hartog. Hij kreeg medelijden met haar.

'Als je weer komt, zal ik je niet wegjagen. Misschien maak ik zelfs koffie voor je. Als je tenminste koffie wilt drinken met een gefrustreerde en rancuneuze koekoeksklokkenmaker.' De dankbare warmte in haar blik trof hem.

'Ik moet weer gaan,' zei hij. 'Het regent. Kan ik je een lift geven?'

'Graag,' zei Anna, 'even afrekenen.' Ze riep Isabella, die hooghartig het geld in ontvangst nam. Het eetgezelschap keek hen na tot de deur achter hen in het slot viel en langer nog, doordat Graziani het gordijn voor het kleine venster opzijschoof en zag hoe de beeldhouwer en de blondine in de Landrover stapten en in een fontein van opspattend water wegreden.

'Zou zij een actievoerster zijn die hij uit Holland over heeft laten komen om de tegenstanders van ons project in de guerrilla te scholen?' opperde Graziani. 'Of is ze gewoon een del?'

Isabella schonk zichzelf een waterglas wodka in en sloeg de borrel achterover alsof ze een bittere pil wegspoelde. Als zij had geweten welke ontdekking Hans en Anna deden, zou zij zichzelf zeker nog eens hebben ingeschonken. Isabella's verbeelding was blijven steken in meisjesachtig romantische sjablonen; een enkel gegeven liet zich snel uitspinnen tot een vaste reeks gebeurtenissen. In de blik die de secretaresse van een gynaecoloog in Chur haar broodheer toewierp zag Isabella een complete doktersroman. Haar serveerster droomde zij een verloren gewaande dochter, die uit de wieg was gestolen en door het noodlot weer op haar pad gebracht. De niet levensvatbare vrucht die dertig jaar geleden in de vuilnisbak van een engeltjesmaakster uit Mestre was achtergebleven, kreeg zo een tweede kans en een eeuwige jeugd. De wetenschap dat Hans en Anna op een steenworp afstand van elkaar waren opgegroeid – hij al in plusfours toen zij nog in de luiers lag – had Isabella geïnspireerd tot de roman van een geheime en verboden jeugdliefde, die veel later en ver van huis weer opbloeit. De wodka zou mee naar bed gaan.

Hoofdstuk 3

Thomas Wassermann haalde glassplinters uit een beenwond. Een jonge bouwvakker lag met een van pijn vertrokken gezicht op de behandeltafel. Hij was van een muurtje gevallen precies in een stapel klaarliggende ramen. Spavento had hem een stevige uitbrander gegeven voordat hij hem naar het ziekenhuis bracht. Wassermann werkte zorgvuldig en langzaam. Af en toe bromde hij als hij een splinter te pakken had en in het met bloed bespatte bekken liet vallen. Hij deed dit werk graag. De concentratie die nodig was voor het speuren naar splinters in een wond, vrijwaarde hem voor conversatie maar liet voldoende ruimte over voor andere gedachten.

De kliniek was klein. De bewoners van het dal waren relatief gezond. Er waren geen stadsziekten. Nerveuze kwalen zag hij zelden. Beroepspatiënten had hij niet. Hart- en vaatziekten kreeg men op zeer hoge leeftijd of bij uitzonderlijke *obesitas*. Kanker kwam voor, maar ernstig zieken werden in Chur behandeld. Zijn dagelijks werk bestond uit blindedarmen, baarmoeders, bevallingen, galblazen, nierstenen en arbeidsongevallen. Hij kon de nazorg overlaten aan de verpleegnonnen, van wier gebed voor velen een geneeskrachtige en opbeurende werking uitging. Wassermann nam hun vroomheid en kwezelige praatjes op de koop toe. Als er al een God bestond – en Wassermann als oprecht agnost was geneigd die vraag ontkennend te beantwoorden – die bemoeienis wilde hebben met de dagelijkse gang van zaken in de wereld, dan moest de mensheid zo min mogelijk van zijn diensten gebruikmaken. Hij lachte om het menselijk tekort alles voorbestemming en niets toeval te willen noemen. Wat doet het ertoe, dacht Wassermann, of aan verklaarbare en onverklaarbare verschijnselen een hoger plan dan wel een dobbelsteen ten grondslag ligt. Het leven moet geleefd worden. De vraag is niet waarom, maar hoe.

Hoe trivialer zijn bezigheden en gesprekken, hoe vrijer Wassermann zich in zijn gedachtenwereld bewoog. Die ruimte hield hij gereserveerd voor Nicole. Liefde kent vele verschijningsvormen. Er zijn onverwachte liefdes, vluchtige soms, heldere of troebele, hardnekkige, slopende liefdes, inspirerende liefdes, en kleurrijke liefdes. Wassermann dacht zijn liefde wit en transparant, vluchtig en stromend als water, maar alomtegenwoordig en voortdurend. Was dat duidelijk? Nee, het zou nooit met woorden duidelijk te maken zijn. Al jaren zocht hij naar de formule, alsof de definitie van zijn liefde de bevestiging van het bestaan ervan vormde. Een symfonie van Mozart kwam er het dichtstbij, maar Nicole luisterde liever niet naar Mozart. Hij had een gelovig musicus horen zeggen dat de muziek van Bach muziek was uit de eeuwigheid, muziek van gene zijde, maar dat Mozart de voorsmaak gaf van het hemelse geluk. Nicole had hem nooit duidelijk kunnen maken waarom ze Mozart ontweek. Ze was een raadselachtig wezen. Hij was zich soms bewust van het sacrale element in zijn verhouding tot Nicole; dat zat hem dwars, maar het deed hem ook zuster Immaculata's devotie verdragen, die eenzelfde onbereikbaar wezen tot voorwerp had.

Vanavond zou hij met Nicole in de geopende balkondeuren staan om de maan op te zien komen en de sterren te zien fonkelen, als het een wolkeloze nacht was. Misschien zou zij weer een kleine wandeling door de tuin durven maken aan zijn arm. Hij proefde de verrukking van de overwinning. Dat was een zeldzaam, euforisch gevoel. Vaak was hij somber gestemd en trok hij niet alleen het nut van zijn therapie in twijfel maar zelfs zijn wil haar te genezen. Zoals zij nu was: ver weg en toch onder handbereik, afhankelijk en wereldvreemd, zo was zij van hem alleen, een kleinood verborgen in een schrijn, een ciborie in een tabernakel. Een verandering in haar toestand kon hun verhouding banaliseren en de magische cirkel verbreken waarmee haar muziek hen beiden omsloot. Hij dacht weleens dat de duizelingwekkende ruimte, geschapen door haar spel, haar ongeschikt maakte voor de aardse ruimte. De genezing van haar agorafobie zou het einde betekenen van haar muzikaliteit, vreesde hij. Het was het een of het ander. Voor beide ruimten tegelijk was geen plaats. De medicus in hem verwierp die angst: genezing moest haar bevrijden en zou dus ook haar talent de kans op groei geven.

Hij hechtte de schoongemaakte wond, liet zuster Immaculata het been verbinden en ging de wachtende Spavento vertellen dat zijn knecht een week niet kon werken.

'Nu ik toch hier ben, dokter, wil ik u iets vragen,' zei Spavento, 'u bent vanzelfsprekend een voorstander van het project-Millemorti, en nu...'

Wassermann viel hem in de rede: 'Wacht eens even, welk project?'

'Millemorti. U weet wel, de bouw van een vakantiedorp en de aanleg van een kabelbaan en skipistes aan de voet van de berg onder Selva.'

'Ik heb er vaag iets van gehoord, maar voorstander, nee, daar bemoei ik me niet mee.'

'Maar u moet wel voorstander zijn, dokter! Meer toerisme betekent meer mensen, meer werk, meer geld, en meer zieken, ski-ongevallen en dergelijke. Dat is goed voor de zaken.' Spavento knipoogde en maakte een tollenaarsgebaar. Wassermann keek hem verbaasd aan, vol afkeer over zoveel veronderstelde verstandhouding.

'Zo heb ik nooit over mensen en ziekten gedacht, en zo

zal ik er ook nooit over denken. Om mijn patiënten een goede en onpartijdige behandeling te geven is het bovendien mijn gewoonte niet mij met plaatselijke politiek in te laten, en al helemaal niet uit eigenbelang.' Hij sprak op strengere toon dan in zijn bedoeling lag, en Spavento's pet vloog in overdrachtelijke zin van zijn hoofd naar zijn hand.

'Ik wilde u niet beledigen, dokter. Maar u weet hoe de situatie is in het dorp. We leven praktisch gesproken op een vulkaan. Er worden dreigbrieven en ingezonden stukken geschreven. Familieleden krijgen hooglopende ruzie, vrienden kijken elkaar niet meer aan. U bent een man van gezag, dokter, uw mening zou gewicht in de schaal kunnen leggen. Als u zegt dat u vóór het project bent, komt er misschien weer rust.'

'Spavento, je moest beter weten. Juist omdat de mensen in dit dal nog opzien tegen de dokter en de notaris en de schoolmeester, mag ik van die macht geen misbruik maken.'

Hij drukte Spavento de hand en nam afscheid. Hij was zich onaangenaam bewust van de inbreuk die Spavento's appèl op zijn gemoedsrust maakte en hij ergerde zich aan zijn eigen, gemakkelijke leugen. Zijn neutraliteit kwam allesbehalve voort uit een morele afweging of uit respect voor zijn patiënten. Hij stelde absoluut geen belang in lokale ruzies. Kwam hem in de spreekkamer een conflict ter ore, dan was hij de details alweer vergeten voor hij het recept had geschreven. En als hij heel eerlijk was, bleef zijn interesse in mensen beperkt tot de fascinatie voor een uiterst ingewikkelde machinerie. Wassermann ging medicijnen studeren alsof het een hogere vorm van handenarbeid betrof. De psychologische kant van het vak had hem nooit bijzonder aangetrokken, laat staan de magische kant van de arts als wonderdoener. Om status gaf hij niet. Hij was en bleef een geschoold arbeider. Dat zijn mening over sociale en politieke zaken in deze gemeenschap van belang was, wekte zijn bevreemding. Zijn houding ten opzichte van zijn patiënten had altijd het onpersoonlijke gehouden van een monteur tegenover de motor en hij wantrouwde de macht waarmee Spavento hem bekleedde.

Alleen in zijn betrekking tot Nicole had het irrationele, dat de methoden van zijn collega's in zijn ogen zo onwetenschappelijk maakte, een plaats afgedwongen. Vlak na de beëindiging van zijn studie had hij een praktijk in Bern overgenomen. Nicole en haar moeder, die een grote oude etage bewoonden in het centrum van de stad, behoorden tot zijn patiënten. De moeder vooral deed een beroep op zijn hulp. Ze had een zwakke gezondheid en een neiging tot hypochondrie. Als hij een visite maakte, viel Nicole tegen de achtergrond weg. De dominante moeder met haar klachten en kwalen overvleugelde de bescheiden en verlegen dochter. Uiteindelijk kreeg de moeder de ziekte die zij haar hele leven had gevreesd en die zij menigmaal in diverse symptomen had menen te herkennen. Toen het eenmaal zo ver was, weigerde zij de diagnose te geloven. Haar ziekbed was, zoals te verwachten, verschrikkelijk en zij was niet moedig. In een gesprek, dat Thomas Wassermann tot op de dag van vandaag haarscherp voor de geest stond, had zij hem bezworen voor haar dochter te zorgen, die hij in een andere kamer bedachtzaam piano hoorde spelen.

'Zij is geen gewoon meisje,' fluisterde de moeder dringend, 'zij heeft een bijzonder talent. En een bijzonder gebrek.' En zij vertelde hem met horten en stoten, snakkend naar adem, van Nicoles langzaam toegenomen ruimtevrees. 'Als we uitgingen, klampte Nicky zich aan mij vast. In een warenhuis wilde ze de roltrappen niet op. Ze liep vlak langs de huizen. Durfde niet over te steken. Buiten had ze het benauwd. Ze transpireerde van angst. Tot we thuis waren. Nu ik zelf niet meer uitga, gaat zij ook niet meer. De buurvrouw doet onze boodschappen.'

'Waarom hebt u me daar nooit iets van gezegd?'

'Zij is niet ziek, dokter. Ze is alleen maar bang. Ze moet zich eroverheen zetten. Maar ze kan niet. En als ik er niet meer ben, is er niemand om haar te zeggen niet bang te zijn.' Ze keek hem smekend aan. 'Wat moet er van haar worden? Ik heb niemand, niemand...' Ze hoestte. Het meisje aan de piano sloeg een paar maal mis, aarzelde even, speelde toen door.

Wassermann vroeg zich af of het een nieuwe list was van de moeder om aandacht te vragen. Hij kon zich nauwelijks voorstellen dat de vrouw, al was het maar in een voetnoot bij haar eigen klachten, niet eerder van het probleem had gerept. Niet dat hij zich dan aan een therapie had gewaagd, maar hij zou haar zeker doorverwezen hebben. De wanhoop van de moeder deed hem tot oprechtheid concluderen. De volgende vraag stelde hij zichzelf: Waarom had hij nooit iets aan het meisje gemerkt? Waarom had hij nooit aandacht aan haar besteed, maar klakkeloos de hypochondrie van de moeder gesteund met zijn visites en zijn recepten? Op dat moment begon hij te beseffen dat zijn houding ten opzichte van zijn patiënten eenzijdig was. Hij kon zichzelf niet meer veranderen, maar het verzoek van de stervende vrouw kon hij deels uit schuldgevoel niet negeren. Zij gaf hem de verantwoordelijkheid voor een complete combinatie van lichaam en geest; dat overdonderde hem, en daarom durfde hij haar niets te beloven. Hij zei dat hij wel zou zien.

Toen de moeder was overleden, bleek er inderdaad niemand te zijn die hem van zijn half geweigerde plicht kon verlossen. De buurvrouw deed boodschappen voor Nicole, maar liet doorschemeren dat aan haar liefdadigheid een einde zou komen. Het meisje was volwassen en geen voorwerp van zorg voor de kinderbescherming. Ze bleef alleen wonen. Wassermann bezocht haar aanvankelijk als arts. Ze werd bleek en mager, hoewel ze om de dood van haar moeder niet leek te rouwen. Ze speelde de hele dag piano en lokte daarmee klachten van de buren uit. Als Wassermann kwam en vroeg hoe het ging, antwoordde ze dat ze nieuwe muziek nodig had. De volgende keer bracht hij dan nieuwe bladmuziek voor haar mee. Soms kocht hij een grammofoonplaat, waarnaar hij samen met haar luisterde. Zo won hij haar vertrouwen, al vroeg hij nooit naar haar gevoelens. Ze praatten over muziek, over zijn werk, nooit over haar toekomst. Wassermann ging boeken en artikelen lezen over agorafobie. Toen de buurvrouw haar menslievende werk stopzette, nam hij haar taak op zich. Hij ging vrijwel elke dag naar Nicole en kookte haar eten. Behalve als hij dienst had. Dan at ze niet. Zijn pogingen haar mee naar buiten te nemen faalden; daarmee had hij een goede indicatie voor de ernst van haar aandoening.

Een jaar na de dood van haar moeder werd haar de huur opgezegd. Het leek of ze niet wilde begrijpen wat dat betekende. Ze speelde door en weigerde plannen te maken. De toekomst was ruimte. Ze vreesde ruimte. Thomas Wassermann zag zich opnieuw gedwongen een besluit te nemen. Hij had zich ermee verzoend zijn lot verbonden te zien met dat van Nicole. Ze was als een huisdier waaraan je gehecht raakt, meer dan dat: hij kon zich zijn leven niet voorstellen zonder haar. De praktijk in het afgelegen berggewest Chiavalle kwam vrij. Er was een huis bij en het was ver van het stadse gewoel. De verandering van omgeving zou haar misschien goeddoen. Hij vroeg haar ten huwelijk. Zij stemde toe. Waarom? Hij hoopte omdat ze van hem hield, maar hij vermoedde omdat ze als zijn vrouw verzekerd bleef van zijn zorg, zijn toewijding en zijn aanwezigheid.

De verhuizing was een ramp. Nicole trok zich terug in zichzelf en in haar muziek om de paniek van de onvermijdelijke reis te vergeten. Regressie in plaats van progressie. Maar Wassermann had geduld. Hij eiste niets van haar. De intensieve gesprekstherapieën die de handboeken voorschreven en de talloze oefeningen waaraan fobiepatiënten zich moesten onderwerpen, achtte hij verspilde moeite, voorbijgaande suggestie of op zijn best symptoombestrijding. Een alternatief bezat hij aanvankelijk niet, tenzij men zijn terughoudendheid en zijn respect als therapie beschouwde. Nooit sprak hij met haar over haar 'ziekte', nooit zei hij 'als je beter bent'. Hij had besloten zeer behoedzaam te zijn. Maar kleine manipulaties ging hij niet uit de weg.

Nicole ging zich langzaamaan vrijer bewegen in het grote huis. Ze vertelde meer over zichzelf en over haar leven met haar moeder. Hij op zijn beurt vertelde van de mensen die hij ontmoette, hij beschreef zuster Immaculata en zijn patiënten en hij bracht zonder nadruk ruimten ter sprake. De woorden zelf moesten geen vrees meer veroorzaken, voor hij aan de dingen kon beginnen. Zijn 'methode' hield een dubbel bedrog in. Ten opzichte van Nicole deed hij voorkomen of hij haar niet ziek achtte en dus ook niet behandelde, ten opzichte van zichzelf deed hij alsof hij haar wilde genezen. Meer en meer kwam zij in het centrum van zijn leven te staan.

Thomas Wassermann had geen vrienden, behalve Hans Hartog. Ze waren in hetzelfde jaar naar het dal gekomen. De Zwitser Wassermann werd – ook om zijn beroep – makkelijker geaccepteerd dan Hartog. Juist het vreemdeling-zijn van de beeldhouwer garandeerde Wassermann geheimhouding omtrent Nicole. Hij wilde haar niet aan de nieuwsgierigheid van de dorpelingen blootstellen; hij wilde geen vragen over haar beantwoorden; hij kon haar onmogelijk zien als een aan liefdadigheid doende doktersvrouw. Hans Hartog was een goed schaker en een beter zwijger. Hun conversatie was over het algemeen tamelijk lapidair.

Een jaar na het begin van hun wekelijkse matches hadden ze tot diep in de nacht met elkaar gesproken zonder de schaakstukken aan te raken. Het was genoeg om de vriendschap te bezegelen; dat impliceerde respect voor de keuze die ieder in zijn leven had gemaakt. Hans Hartog zweeg over Nicole. Als iemand hem nieuwsgierig uitvroeg over die geheimzinnige pianiste, dan gaf hij een ontwijkend antwoord. Geen van drieën, Nicole al helemaal niet, besefte een vreemd lichaam te zijn in een levend organisme, waartegen afweerstoffen werden verzameld.

Terwijl Thomas Wassermann naar huis liep, keerde de gedachte aan het project-Millemorti weer. Gewoonlijk kwam hij tot rust tijdens zijn wandeling door de smalle stegen van het dorp, waar weinig bedrijvigheid heerste en waar hij niets anders hoorde dan de echo van zijn stap op de bolle keitjes. Nu verstoorde Millemorti het patroon.

Hans woont daar in de buurt, dacht Thomas en hij herinnerde zich dat die hem er al eerder van had verteld. Dat Hans zich tegen het plan verklaarde en aankondigde actie te zullen ondernemen, nam Wassermann voor kennisgeving aan. Het was niet zijn zaak. Spavento's veronderstelling dat Wassermann voor het project-Millemorti moest zijn, kreeg opeens een provocerende bijklank. Was het een verborgen commentaar op zijn vriendschap met de beeldhouwer? Probeerde de aannemer hen tegen elkaar uit te spelen?

Wassermann ergerde zich. Hij wilde er niet aan denken, hij wilde geen standpunt innemen. De verklaring die hij daarvoor aan Spavento had gegeven, kwam hem opeens zeer plausibel voor, alsof hij die houding jaren geleden bewust had ontwikkeld. Als hij eenmaal een uitspraak zou doen, zou men hem telkens tot spreken dwingen. Die positie begeerde hij niet. Hij was arts, geen rechter.

Nicoles muziek was van verre te horen. Wassermann glimlachte. In het halfduister van de grote benedenhal trof hij de postbode aan. Hij kon diens gelaatstrekken niet onderscheiden, maar er klonken schrik en schuldbewustzijn door in de precieuze stem.

'Ach, dokter Wassermann, ik heb even uw post op de trap gelegd. Neemt u mij niet kwalijk.' Puccio moest al enige tijd in de hal staan; anders had Wassermann hem het huis binnen zien gaan. 'Dank je wel, Puccio.' De postbode aarzelde even, klakte toen de hakken tegen elkaar en verdween geruisloos.

Het was de eerste heldere, zonnige dag sinds Anna's aankomst in het dal. Het uitzicht vanaf Selva, waar Hans Hartogs huis lag, maakte Anna duizelig. De felle kleuren en scherpe contouren van het landschap namen de suggestie van afstand weg. Het verlangen die bergen te beklimmen is het verlangen te ontsnappen aan verstikking en in leven te blijven. Kan ik dit al tegen hem zeggen? dacht ze. Hij had haar opgewacht bij het hek en was toeschietelijker geweest dan de vorige keer. Sinds zij wist dat ze in hetzelfde stadsdeel waren opgegroeid, waar het spoorviaduct de subtiele sociale scheidslijn was tussen hun buurten, probeerde zij hem te plaatsen in haar jeugdherinneringen. Was hij de sterke matroos geweest die haar naar het ziekenhuis droeg, toen zij een gat in haar hoofd was gevallen? Was hij de leider van de kinderen uit de Ackersdijkstraat, die door haar straat (waar een plantsoentje de hogere status markeerde) werden veracht en bevochten? Was zij hem opgevallen toen?

'Kijk, daar aan de overkant van het dal ligt San Romerio.' Hans Hartog wees. Ze stonden met de armen op de borsthoge tuinmuur geleund het dal te bekijken.

'Waar?'

'Zie je die steile bergwand boven de verste oever van het meer?'

'Een meter of tweehonderd hoog?'

'Precies. Dat is de breuklijn van een enorme bergstorting.'

'Waardoor de drempel bij Miralago werd gelegd?'

'Ja. Daarbovenop ligt een kerkje.'

'O ja. Dat hoeft maar een zetje te hebben en het ligt beneden.'

'De legende wil dat Sint-Remigius op doorreis in Chiavalle achtervolgd werd door heidenen. Ze dreigden hem in te halen en af te slachten. Maar hij nam een geweldige sprong en landde boven op de berg, waar nu dat kerkje staat.'

'En Millemorti? Dat vind ik zo'n prachtige naam. Waar ligt dat?'

'Recht naar beneden. Deze wei is een balkon. Aan de rand die je daar ziet, begint de afgrond. Daar is de berg gespleten. De ene helft bleef staan, de andere viel om op een dorp met duizend inwoners. Het is een gigantische grafheuvel.'

'Was dat een straf voor wandaden? Zoals bij Angeli Custodi?'

'De natuur straft niet.'

'Bij wijze van spreken dan. Volgens de overlevering. De hand van God en zo.'

'Allemaal onzin.' Hij zei het kort en afwerend. Zo had hij ook de betekenis van zijn beelden toegelicht. Anna was nauwelijks wijzer, maar wel meer geïntrigeerd geraakt.

Het vest met de benen knopen en de gestreepte boezelaar had hij tot haar vreugde niet aan. In zijn blauwe T-shirt en zijn spijkerbroek beantwoordde hij meer aan haar voorstelling van een kunstenaar. Hij had mooie armen, sterk als de armen van zeelui in levensliederen. Hem aanraken, zijn huid ruiken, de botten voelen onder het warm levende weefsel, haar armen om hem heen slaan, haar handen tussen de band van zijn spijkerbroek laten glijden en zijn billen omvatten, hem tegen zich aandrukken: als ze niet oppaste deed ze het. Ze kon zich niet herinneren ooit zo plompverloren fysiek op iemand gevallen te zijn, zeker niet op een man die naast zijn aantrekkelijke kanten zoveel weerstand opriep door stuurs gedrag, gebrek aan humor en verkeerde sandalen.

'Wat kom je eigenlijk in het dal doen?' vroeg hij.
'Werken.'

'Wat voor werk?'

'Ik kom hier in alle rust een boek schrijven over de invloed van mathematische en fysische theorieën op de moderne kunst.'

'Ja, ja,' zei Hans Hartog, 'en daar verdien jij je brood mee.'

Anna keek hem verbaasd aan. Hij bracht haar in verwarring. En de begeerte nam maar niet af.

'We zijn collega's dus. De kunst voedt ons allebei.' Maar Hans was niet gevoelig voor de impliciete ironie.

'Ik voel mij meer ambachtsman. Ik maak dingen die ik mooi vind. En eerlijk gezegd heb ik weinig op met mensen die... nou ja, met theoretici. Theorieën maken de kunst kapot.'

'Je begrijpt me verkeerd... denk ik. Ik wil niet beweren dat kunst niet begrepen kan worden zonder theorieën, maar...'

Hans Hartog rekte zich uit, gaf een klap op de muur en zei: 'Wil je koffie?'

Anna wilde heel graag koffie; ze wilde niets liever dan langdurig en huiselijk in zijn nabijheid zijn, maar ze wist zich geen raad met haar tintelende lichaam. Beschaafd, afstandelijk vrijen, daarin was ze bedreven. Ze wist hoe ze 'naakt' moest zijn, maar dat was heel wat gekleder dan naakt.

'Nee dank je. Ik moet weg.'

'Heb je een afspraak? Heb je het druk?'

'Dat niet.'

'Zijn je boeken aangekomen?'

'Ook niet.'

'Waarom moet je dan weg? Ik heb je gevraagd koffie te komen drinken, nu zal je ook koffie drinken.'

Anna aarzelde, wikte en woog, besloot toen dat zij niets te verliezen had, dat nu toch alles buiten de kaart viel en dat ze haar lot waar mogelijk in eigen hand moest nemen.

'Als ik blijf, rand ik je aan,' zei ze lachend.

'O,' zei hij nuchter en zonder zichtbaar geschokt te zijn, 'ik veronderstel dat ik je nu moet aansporen vooral te blijven.'

'Zoiets, ja.' Door zijn van charme gespeende reactie zonk Anna's overmoed haar in de schoenen. 'Maar het hoeft niet, hoor.' Geestigheden leken hier wel nat vuurwerk. Toch bleef de prikkeling.

'Ik hoef niet echt weg,' zei ze haastig. Hij was de middelbare Adam van Michelangelo.

'Koffie dus.'

Hans Hartog liep naar binnen, ondanks zichzelf gestreeld door Anna's avances. Hoewel ze het nadeel bezat in Rotterdam geboren te zijn, was ze onmiskenbaar aantrekkelijk. Ze had een mooie houding, haar hoofd stond goed op haar romp, haar handen waren sterk en hij durfde er wat onder te verwedden dat haar lijf houvast bood. Er was niets breekbaars aan Anna. Toen hij haar door het keukenraam gadesloeg, zag hij hoe het landschap een ruimte om haar openliet. Haar witblonde haar gaf licht. Ze leek uitgeknipt en opgeplakt in een ander boek, weggehaald uit haar natuurlijke context. Zo had hij zich in het begin hier ook gevoeld; zo had hij zich vroeger altijd gevoeld.

'Als ik in het gras ga zitten,' zei Anna, toen hij met de koffie terugkeerde, 'voel ik wat je beelden voelen.' Ze voegde de daad bij het woord, ging zitten en nam de kom van hem aan. Hij grinnikte om de dwaasheid die haar typeerde.

'Beelden voelen niets.'

'Wie zegt dat?' Ze sloot de ogen, ademde drie keer diep. Hij ging op zijn hurken naast haar zitten. Ze opende haar ogen en dronk, slurpte een beetje. Hij zat zo dichtbij dat hij haar hoorde slikken. Ze dronk de hete koffie met kleine slokjes snel achter elkaar als een kind. De gedachte aan haar billen en benen die door de van water verzadigde grond vochtig werden, wond hem op. Hij nam de kom uit haar handen en zette hem voorzichtig weg. Anna keek naar de kromming van zijn rug. Hij leek op Rembrandts Jakob in gevecht met de engel, maar dan zonder baard.

De zon brandde op hun witte, naakte huid. Een bromvlieg passeerde hun oren op weg naar de warmste lichaamsdelen. In de verte hoorden zij de bel op het stationnetje van Le Prese, die de komst van de trein aankondigde.
'Ik ben te zwaar op je,' zei hij en trok zich uit haar terug. Ze schudde sprakeloos haar hoofd. Ze was een beetje scheel, misschien omdat ze hem van zo dichtbij aankeek.
Anna wist dat nu het moeilijkste moment zou komen. Hoe moest ze zijn? Wat moest ze zeggen? De genadeloze belichting van de zon was niet in het voordeel van haar bijna veertigjarige lichaam. Moest ze nonchalant haar kleren aantrekken, wat nietszeggende woorden spreken en hem met een vrolijke zwaai van de arm verlaten? Of moest ze de intimiteit die onherroepelijk verbroken was, herstellen met een teder woord, een gebaar? De lucht droogde het zweet op haar lichaam. Ze dacht na, maar ze kreeg geen greep op haar tegenstrijdige gedachten. Opeens hoorde ze het geluid van een kleine auto.
'Wat is dat? Is dat de post?' Geschrokken ging ze rechtop zitten en graaide wat kledingstukken bij elkaar. Tegenover haar zat Hans Hartog naakt in het gras. Hij lachte.
'Welnee.'
'Jawel, hij heeft ons vast gezien. En nu rijdt hij weg.'
'*So what?*' Hij stond op, trok zijn broek en T-shirt aan en stak zijn hand naar haar uit. 'Kom op, als je wilt kun je douchen.'
Ze had zich haar eerste binnenkomst in zijn huis iets anders voorgesteld. Het onweerstaanbaar komische van de situatie deed haar de lichte gêne overwinnen. Ze speelde de gast die verrukt het interieur prijst: 'Goh, wat woont u hier leuk! En zo apart ingericht. Heeft u die meubelen nou ook

zelf gemaakt? Nee? Nou, het lijken anders net kunstwerkjes. Prachtig, zeg. O, schildert u ook? Verdienstelijk, hoor, verdienstelijk.' Hans gaf haar een goedmoedig duwtje. 'Doorlopen. Het is hier geen museum.'

Hij kuste haar voor hij de deur van de douche achter haar sloot. Anna, die kort tevoren het toeval nog onberekenbaarheid had verweten, voelde hoe haar hart opsprong van vreugde om de rijkdom van deze onverwachte ervaring. Haar eigen reacties verbaasden en amuseerden haar. Tot nu toe waren haar orgasmen vergeleken met deze belevenis het bijna onbedoelde sluitstuk geweest van een esthetische activiteit, nauwelijks merkbaar en snel vergeten. Tussen de arnica en de margrieten, de steenanjers en asfodellen ging het anders toe. Anna bezwoer zichzelf dit nieuwe en onwennige omzichtig te behandelen. Ze ademde diep. De geur van warm gras en versgezaagd hout hing nog om haar heen. Ze ging voor de spiegel staan en keek zichzelf langdurig aan.

'Anna Arents,' zei ze, 'dit is verschrikkelijk. Dit is mateloze verliefdheid.'

Brief van Daniele Puccio aan Daniele Puccio

Mei
'Caro Daniele,
Misschien helpt het je wanneer ik je vertel wat mij overkwam. Per ongeluk kreeg ik een brief in handen die bestemd was voor het douanehuis boven Viano. In dat deel van het dal, achter Miralago en achter de drempel die onze streek scheidt van de grensdorpen, heb ik niets meer te zoeken. Ik ben er dan ook al die jaren alleen op doorreis naar Tirano geweest, maar nu kon ik de verleiding niet weerstaan. De brief gaf mij een reden en een doel. Het dal is daar, zoals je weet, niet veel breder dan een kloof, de wegen zijn steil, de afgrond is diep. De weg naar het terras van Viano is verbeterd; er zijn op sommige plaatsen uitstulpingen aangebracht, waar auto's elkaar kunnen passeren. Het dorp

zelf is weinig veranderd. Er is altijd nog het restaurant van Corrado Conti, je weet wel, onze eerste klant op weg naar huis. Ik meende zelfs Corrado te zien zitten op het bankje buiten; hij moet minstens negentig zijn en hij was ingeklonken tot een nog geringer formaat dan het onze. Even voorbij de laatste huizen liet ik mijn auto staan en ging ik te voet verder. Nog steeds kan ik de gedachte niet verdragen dat men mij aan hoort komen, hoe geruisloos mijn postauto ook is. Een oud instinct dicteerde mijn bewegingen, ik zocht de rand van de weg en de beschutting van de bomen.

Mijn harteklop bonsde in mijn oren toen ik enkele honderden meters verder en enkele tientallen meters hoger – op een vlak stuk terrein als een arendsnest boven aan een steile wand gelegen – de oude grenspost zag staan. Dat was ooit de gebenedijde en vervloekte woning van Elvira, de dochter van de douanier. (Zij had geen oog voor ons, logisch niet, ze keek over ons heen.) De dreiging van vroeger was niet geweken van de dikke muren en de diepliggende ramen. Het dak hing aan beide zijden ver over de muur en reikte bijna tot de grond. Het zag eruit alsof het zijn beste tijd had gehad; er lagen dikke bruine kussens mos op de afbrokkelende leien. Tegen de muur lag een grote stapel hout, waarmee de manshoge tegelkachel en het fornuis werden gestookt. Er was misschien nog geen elektriciteit. Wel telefoon, zag ik. Het had iets vreemds de deur van de grenspost open en bloot tegemoet te treden; vroeger meden we het schootsveld van Elvira's vader als een besmettelijke ziekte.

Het was slecht weer. Er dreigde regen. Het bos vlak bij het huis was somber en nat. De laaghangende wolken omsponnen de toppen van de sparren met een nevelig web. De bergkam aan de overzijde van het dal verdween in de mist. Ik rook vuur. Ergens werd een fornuis gestookt met vochtig hout. Ik schoof de brief in de brievenbus en wilde teruggaan, maar ik aarzelde. Nu ik er toch was kon ik het oude smokkelpad zoeken waarlangs wij zo vaak bij nacht en ontij onze weg naar Italië zochten, vader en ik, soms vergezeld door Zannoni en zijn vader en de kleinzoon van Corrado Conti, Giancarlo, bijgenaamd Il Muto omdat hij pas als kind van zes jaar begon te spreken. Cortesi was ook weleens van de partij, met zijn oom. Ik werd vooruit gestuurd om de weg te verkennen. Ik was klein, snel en maakte geen geluid. Wie beter dan ik kon het pad herkennen? Wie komt er nu nog? Gesmokkeld wordt er niet meer, niet langs deze weg. Zou de natuur weer bezit hebben genomen van de ongebruikte paden? Omdat ik wist waarnaar ik zocht, vond ik al spoedig de boom (o, hoeveel groter en machtiger nu, hoeveel ouder en wijzer, hoe gehavender ook op sommige plaatsen, die boom), die de entree markeerde van het steile, glibberige pad. Ik klom omhoog. Ik heb er nog steeds geen moeite mee; ik ben altijd al een kleine berggeit geweest, een gemzebokje. Er lagen veel dode takken, en juist daar waar het pad horizontaal werd toornde een termietenheuvel. Als kind zouden we zeker met stokjes en takjes in het bouwwerk gepeuterd hebben, maar ik heb door de jaren heen respect gekregen voor alles wat zich in de natuur bevindt.

De aarde is een heel bijzondere planeet, Daniele.

Ik stel mij weleens voor hoe het is de sferen te doorklieven, en te zien hoe wonderlijk de aarde geplooid en getooid is, welk een schitterende kleuren zij draagt, diepblauw de zeeën, wit de wolkenbanden en krullen van stormen, wit ook de Alpen, die een heel beperkt gebied beslaan vergeleken met de Himalaya en de Andes, bruin en groen het land. Vliegend op grote hoogte zou ik de mensenbouwsels niet eens zien, laat staan de mens, die vloek van de planeet, die parasiet, die epidemie... Ik ben mij diep en innig bewust van mijn nietigheid; ik ben een adem, een zucht, niet meer. Als ik mij plat neerleg en wacht, heel lang wacht, word ik een met haar, dan plooit zij zich om mij heen, dekt mij toe. Daar verlang ik soms naar...

Maar goed, ik moet verder vertellen. Ik liep over het pad, dat nauwelijks zichtbaar is, en duwde de takken weg; achter mij veerden ze terug alsof ik in de val liep. Ik werd nat, maar na verloop van tijd (ik was het besef van tijd echter kwijt en waande mij in een lange maanloze nacht van mijn jeugd) werd het warmer, de zon brak even door. Tegelijkertijd verwijdde het pad zich tot een open plek, die er ongetwijfeld altijd geweest moet zijn, maar die in de diepe duisternis nooit opviel. En daar, op die plotseling zonovergoten wei, door niemand bezocht, door niemand gekend, bloeiden de voorjaarsbloemen dat het een aard had. Ik zag tot mijn verbazing primula, steenbreek was er, paarse en witte sleutelbloemen, de vreselijk gele bergboterbloem, het peperboompje, de alpenbalsem, de kwastjesbloem met zijn merkwaardig gevormde kelk, en de voorjaarsgentiaan maakte zijn nederige afmetingen goed door zijn intense en opvallende blauw. Alle bloemen en grassen wiegelden op de wind, bijen zoemden en vroege vlinders waaierden op toen ik de plek betrad. Er was een leven en een schoonheid zoals ik nooit heb gezien. Het was er vrij van schuld. Mijn hart liep over van vreugde en dankbaarheid. Dat zoveel moois zomaar onverrichter zake naar de hemel gezonden werd! Hoe moet ik je uitleggen wat mij trof? Kortstondig, hevig, belangeloos, uitbundig en tegelijk in zichzelf besloten, zo leefde het daar. Om niet. Het deed mij denken over leven, dood en schoonheid en opeens werd ik die drie in een synthese gewaar. Het maakte mij niet treurig, integendeel. Ik voelde mij getroost en schepte moed. Dat wil ik je hiermee zeggen: houd moed. De open plek bestaat, schoonheid bestaat. Onschuld bestaat. Een verboden paradijs, maar het bestaat.

Ben je nog bij de oude marmergroeve geweest? Ga daar maar liever niet meer heen. Je moet het verdriet niet opzoeken, het vindt jou wel. Die oude open wonde in de flank van de berg, waaruit die prachtige brokken zeegroen marmer kwamen als amber uit de darmen van de potvis, zal worden gedicht met grijs beton. In dat kunstmatige, rechthoekige brok steen zal een ijzeren staketsel worden geplaatst dat met andere soortgelijke misbaksels wordt verbonden door slappe kabels waarlangs stalen kooien heen en weer zullen gaan, gevuld met mensen. Lachend glijden ze later over de sneeuw naar beneden. Wereldheersers. Arrogant en nonchalant. En ze verdrijven de schoonheid. Ze kennen geen nederigheid. Egoïsten. Maar troost je, Daniele. De bergen schijnen net zo weerloos als jij en ik: heel lang staan ze toe misbruikt en mishandeld te worden, totdat de grens wordt overschreden. De natuur heeft een ziel. Zij treedt aan het licht in woedende stormen en slagregens, maar ook in de onbaatzuchtige bloemen op een voorjaarswei en in rotsspleten waar kristallen het vage licht breken en weerkaatsen. Waar moeten wij ons wenden om in deemoed en harmonie deel uit te maken van de natuur? Er is geen plek meer. Nergens. En ik zeg je moed te houden? Ja. Dat zeg ik je.

Laat mij nu terugkeren tot het leven van alledag en je verslag doen van enkele gebeurtenissen. Dokter Wassermann heeft met zijn vrouw in de tuin gewandeld. Een aantal malen. Ik kan het zien vanuit het raam van mijn slaapkamer. Eenmaal heeft hij zelfs een korte autorit met haar gemaakt. Het lijkt wel of zijn behandeling nu snel vrucht afwerpt. Ik heb haar nog steeds niet goed kunnen zien, maar haar muziek klinkt mooier dan ooit. Wassermann zelf ziet er afwezig uit. Als ik hem groet, hoort hij mij vaak niet of te laat. Wat zal men zeggen in het dorp als zij verschijnt? Hoe zal men haar tegemoettreden? Zullen zij haar breken met hun blikken en hun vragen? Hij moet haar bewaren. Zij is een engel, zij hoort niet thuis op aarde. Ik zal haar nooit aanspreken. Schoonheid mag niet worden aangetast. Schoonheid moet verborgen worden voor hebzucht. Schoonheid is geheim. En het hoogste is schatbewaarder te zijn. Te kennen en te zwijgen. O, hoogmoed. Daal af, Daniele.

In Hans Hartogs acties tegen het project-Millemorti is een zeker fanatisme geslopen, dat misschien alleen door mij bemerkt wordt, want het zit niet in zijn plannen of zijn woorden. Het zit in zijn ogen. Het is alsof hij zichzelf demonstreert aan Frau Doktor Arents, die af en toe zijn bed deelt. Zij was koppig en liet zich niet afschepen en Hans had geen verweer. Er is veel dat hen verenigt en nog meer dat hen scheidt, maar aan dat laatste zijn ze nog niet toe. Ik mag haar graag. Zij behandelt mij als mens. Aan mijn gestalte meet zij mijn geest niet af. Zij is wel wat gewend in Holland neem ik aan, zij vreest het ongewone niet.

Haar onverschrokkenheid baart mij overigens zorgen. Zij wil de wandeling over de Pass da Cancian en de Passo d'Ur maken. Met die regen die maar aanhoudt, is die tocht niet raadzaam voor onervaren wandelaars, maar zij wil van geen bezwaren horen. Zij wil veroveren en bedwingen. De vrouwen bij ons zijn niet zo zelfstandig en onafhankelijk, ook niet zo geleerd. Frau Doktor is op haar manier net zo ongewoon als ik. Haar uiterlijk is alleen te vinden in modetijdschriften die hier moeilijk verkrijgbaar zijn. De verbintenis tussen Hans en Anna brengt problemen met zich mee in de dorpse verhoudingen. Het is of een evenwicht is verstoord. Het is vergelijkbaar met gisting. Pas bij een bepaalde hoeveelheid gistcellen begint het te werken. Het verschil is gering: plotseling is de grens overschreden en begint het proces van verandering.

Ik heb het gemerkt tijdens de hoorzitting. Ondanks het slechte weer was het zaaltje van Cinema Rio overvol. De verwachtingen waren hooggespannen, zeker na de ingezonden brief van de jonge Pandolfi. Daarmee had hij als het ware een zweer doorgeprikt. Oud zeer werd voelbaar, oude tegenstellingen kregen weer reliëf. De kwestie-Millemorti was aanleiding voor een herlevende *vendetta*. Beschaving, of wat daarvoor door moet gaan, is als een knellend hemd voor zwellende spieren: het scheurt op de naden.

Zannoni werd bij opkomst op een langdurig fluitconcert door vriend en vijand onthaald. De atmosfeer was meteen aan het begin al om te snijden, onder andere omdat men het rookverbod negeerde. Zannoni hield een toespraak, waarmee hij olie op de golven wilde gooien; hij wakkerde het vuur slechts aan. "Beste medeburgers," begon hij, "wij zijn hier niet om elkaar naar het leven te staan, om elkaar uit te schelden, maar om naar elkaar te luisteren." Boe-geroep en gefluit, gerinkel van diverse koeiebellen. "Laten wij als volwassen democraten" (harder boe-geroep, gefluit en belgerinkel) "argumenten zwaarder wegen dan vooroordelen. Wij zullen vanavond het plan-Millemorti bespreken. Voor- en tegenstanders zullen in de gelegenheid worden gesteld hun adhesie respectievelijk hun afkeuring te formuleren. Ik verzoek u allen de regels van het fatsoen in acht te nemen. Dat betekent: elkaar uit laten spreken, naar elkaar luisteren en zich onthouden van persoonlijke aanvallen. De gemoederen zijn verhit geraakt de laatste weken. Maar een verstandig oordeel kan alleen worden gevormd met een koel hoofd. Iedere spreker krijgt evenveel tijd..." En zo ging hij door met het uitleggen van regels die iedereen kende, maar waaraan niemand zich dacht te storen. Het was voor zijn doen geen slechte speech, maar hij had het bij beide partijen verbruid. Aangezien iedereen wist dat zijn neutraliteit niet berustte op overtuiging maar op lafheid, was zijn lot bezegeld. Het gezag van de burgemeester is het zenit gepasseerd.

Pandolfi, ongetwijfeld getergd en uitgedaagd door het schotschrift van zijn zoon, nam namens de voorstanders het woord. Het was stil in de zaal. Zou hij in bedekte termen of openlijk zijn zoon verstoten? Men wierp steelse blikken op Beniamino, die de linkerstok van een spandoek vasthield en met een verbeten gezicht tegen de muur geleund stond. Je weet hoezeer ik de oude notaris verafschuw en welk een litteken in mijn ziel steekt wanneer ik hem zie, maar ik moet dit in zijn voordeel zeggen: hij weet een zaal te bespelen, hij is een volmaakt acteur. "Dit dal is ons huis," zo sprak hij ongeveer, "ons huis en dat van onze kinderen en kindskinderen. In dit dal willen wij werken en leven, in dit dal willen wij oud worden en sterven. In dit dal willen wij ons nageslacht talrijk zien worden. Maar wat zien wij? Wij worden oud en onze kleinkinderen wonen in Zürich. De ondernemende jongeren zwermen uit. Hun die blijven wacht een steeds kariger bestaan. De bergbouw gaat achteruit, de industrie is te klein om op grote schaal te kunnen concurreren, het toerisme groeit niet meer. De rek is eruit. Stilstand is achteruitgang. Het verleden was mooi, maar wie wil werkelijk terug? Als we niets doen, móeten we terug. En als wíj niets doen, wie doet het dan? Het kanton doet niets voor ons, we wonen achter de Bernina. U herinnert zich nog hoe wij zelf die weg over de pas hebben moeten bouwen, met ons eigen geld, ja bijna met onze eigen handen!" Dat was heel slim van hem. De weg was zijn persoonlijke triomf. Het had hem de eeuwige dankbaarheid van de bevolking bezorgd. "Bern kent ons niet eens. Daar denken ze dat we bij Italië horen, alsof grensbewoners geen eedgenoten zijn! Wij moeten ons lot in eigen hand nemen. Dit plan garandeert ons een toekomst. Het is klein en bescheiden, maar het is een begin. Er zullen geen fabrieken met rokende schoorstenen verschijnen. Er komt een simpel vakantiedorp, waar mensen zich zullen ontspannen en genieten van onze schitterende natuur, die God niet alleen voor onze ogen heeft geschapen. Er komt een kabelbaan en een skipiste, waar de kleine Pirmin Zurbriggens van Chiavalle hun eerste wereldtijd op de klokken zullen zetten. Onze middenstand zal er wel bij varen; onze restaurants en hotels zullen winter en zomer de gelagkamer vol gasten hebben, de gemeente incasseert meer toeristenbelasting en kan daarmee een nieuwe school bouwen, nieuwe wegen aanleggen, het ziekenhuis verbouwen. De landbouw krijgt een nieuwe impuls. Moet ik verder gaan?!' 'Het milieu!' roepen de tegenstanders. 'De natuur!' Ik deel met hen de zorg voor natuur en milieu..." licht gemor en geschuifel... "en ik ben van mening dat het plan-Millemorti alleen uitgevoerd kan worden en mag worden als aan een aantal voorwaarden is voldaan. Er mag zo min mogelijk bos worden gekapt. Er moet een herbeplantingsplan elders komen. Door kanalisering, indamming en drainage moet de waterhuishouding op de helling op peil worden gehouden. Alles moet worden gedaan om onze rijke flora en fauna te behouden." Hij besloot met een aantal gevoelige en gloedvolle woorden; maar de magie was uitgewerkt zodra hij schommelend zijn plaats had opgezocht. Spavento lichtte het plan toe met een kaart en een maquette; hij maakte weinig indruk.

Ik haat hen, Spavento, Zannoni en Pandolfi, en ik weet dat de haat mijn visie vertroebelt, hoewel ik tracht eerlijk te zijn en de afstand te bewaren die wij ooit gezworen hebben in acht te zullen nemen. Ik had niet naar Viano moeten gaan. De nacht van het verraad werd opgerakeld en de dagen die ik doorbracht in de cel, terwijl zij vrij rondliepen en schande spraken van de misdaad die wij allen hadden begaan, maar waarvoor ik alleen moest boeten. Jongens waren wij, verenigd door de band die onze vaders bond. Juist in die jonge jaren worden vriendschappen gevormd die een leven lang duren, dan wordt trouw beproefd, dan groeit uit de angst de haat. Dan wordt bepaald in welke mate wij ons deel voelen van een samenleving. Zannoni en Spavento werden opgenomen, men sloot mij uit en pas na lange tijd leerde ik de waarde van de afstand kennen. En Pandolfi verdedigde mij, niet door mijn onschuld te bewijzen of de schuld van de anderen aan te tonen, maar door een beroep te doen op de clementie van mijn rechters. Ik was immers geen mens, ik was een dwerg! Nee, nee, ik mag er niet meer over praten. We raken buiten onszelf. Daniele, Daniele, laat ons afstand bewaren.

Beniamino Pandolfi sprak niet; hij bleef tegen de muur geleund staan onder het spandoek met de poëtische tekst: "Millemorti doodt het leven." De voorzitter van de socialistische partij, Gelosi, voerde het woord. Goed en bewogen. Hans Hartog, die er was met Frau Doktor Arents, heeft tijdens de algemene discussie veel gezegd. Ik weet niet of hij er goed aan heeft gedaan, maar het kwam recht uit zijn hart en daarom vergeef ik het hem. Zijn enthousiasme voor de goede zaak en zijn betrokkenheid bij het wel en wee van het dal worden door mij niet in twijfel getrokken, maar de warmte waarmee zijn medestanders hem in het begin onthaalden is bekoeld. Hij spreekt nog steeds onze taal niet. Pandolfi junior leek verlegen met de demagogische kwaliteiten van de beeldhouwer. De socialisten fluisterden onder elkaar. De bergboeren, die bij de christen-democraten van Graziani horen maar die in deze kwestie een eigen actiecomité hebben gevormd, zaten zwijgend met hun stuurse, tanige koppen voor zich uit te kijken, toen Hans uithaalde naar Pandolfi. Wat deed hij fout? Niets. Hij sprak als een dalbewoner, hij eigende zich hun land toe, en bovendien was hij vergezeld van de nieuwe vreemdeling. Anna Arents zat naast Hans Hartog en ze zag eruit zoals niemand eruit ziet: zij droeg een zwartzijden kiel met schouders als van een huzaar, een massief zilveren halsband, en een zwarte broek met een wijd geplooid Aziatisch kruis. Zij had zich dramatisch opgemaakt. Haar lichtblonde, bijna witte haar, hing recht afgeknipt op haar schouders. Een modefoto. Ik vind dat mooi. Ik hou van ongewone dingen. Haar boeken zijn nog steeds niet gevonden. Ik begin aan hun bestaan te twijfelen. Misschien is zij een geheime afgezant van een vreemde planeet.

Ik voorvoel een catastrofe... Terwijl ik je schrijf, verkrampt mijn hand rond mijn pen. Mijn hart bonst, het bloed stuwt door mijn hoofd. Ik moet diep ademhalen maar voel een klem op mijn borst. Ik heb nog nooit zo'n slecht voorjaar meegemaakt. Het regent vrijwel voortdurend. De bergbeken voeren veel modder en hout mee. Op steile wanden ontstaan hier en daar al scheuren in de drassige bodem. De mensen in Privilasco slapen onrustig. De gevaarlijke punten worden bewaakt. Maar je zult zien: het slaat toe waar je het 't minst verwacht. Gegroet. Daniele.'

Hoofdstuk 4

Na vele dagen regen passeerde een hogedrukgebied de zuidelijke Alpen. De wolken vervlogen. De nevel trok op en de aarde dampte. Overal schitterde en blonk water. Anna Arents besloot de wandeling over de Pass da Cancian en de Passo d'Ur te maken. Hans verzekerde haar dat ze zich vergiste in de moeilijkheidsgraad en de afstand, maar ze hield vol. Ze wilde naar de rand toe. Ze wilde weten of ze op eigen kracht het dal kon verlaten en terugkeren naar de wereld. De bergen moesten worden bedwongen. Hoe sterker het haar werd afgeraden, des te zekerder was ze van haar zaak.

Anna stond vroeg op. De zon liet de bodem van het dal in schemerduister maar scheen al op de scherpgetande Cresti da Vartegna, die als wachters de westkant van het dal bewaakten. Daarachter, verder weg, schitterde het sneeuwveld van de Pizzo Scalino. Tot vlak bij die gletsjer zou ze lopen over de Pass da Cancian, vandaar langs een voetspoor naar de Campascio en dan over de Passo d'Ur terug. Ze had Hans' Landrover geleend om daarmee zo hoog mogelijk te komen, tot aan Alp Vartegna, en ze had hem beloofd haar tocht te eindigen bij zijn huis, opdat hij zou weten dat ze veilig en wel terug was.

Het was bladstil en fris. Er was nog niemand op straat. In het huis van de dokter sliep de pianiste, over wie Hans haar zo weinig had verteld, ondanks haar nieuwsgierige vragen. Anna hoorde alleen het woeste water van de rivier, die dwars door het dorp stroomde. Op weg naar de plaats waar de Landrover stond, passeerde ze de houten loopbrug over de Chiavallino. Hij ging tekeer in zijn betonnen bekisting. Dag en nacht, jaar in jaar uit, glashelder water, altijd in beweging. Anna herinnerde zich hoe ze vroeger naar school liep over een brug die de kaden van een binnenhaven verbond. Het water daar was traag en dik en zwart als olie. Het rook naar teer en rijnaken en slib. Als ze over de brugleuning naar beneden keek, voelde ze het water trekken en moest ze zich naar de overkant haasten. De kleurloze bergstroom stootte af. Er lagen geen geheimen op de bodem. Ze zag haar lichaam in de wilde rivier, bekneld tussen twee rotsblokken, geteisterd en geslagen door het water, vlot rakend, hakend aan een tak, stotend tegen de kant, wentelend, draaiend, op weg naar het meer.

Het beeld liet haar pas los toen ze de auto parkeerde op Alp Vartegna, waar Hans hem later op zou halen. De zon had de alm bereikt. Dauwdruppels glinsterden. Vogels floten en maakten de eerste duikvlucht van de dag. Anna ademde diep de geurloze, zuivere lucht in en zwaaide haar rugzak om. Haar blik ging speurend langs de ongenaakbare rotspunten. De Pass da Cancian lag zo hoog dat er nauwelijks onderscheid was tussen de rotsspleten die de toppen kloofden, en de doorgang naar het achterland. Ze had de zon in haar rug toen ze aan de klim begon. Daar loop ik nou, dacht Anna, kijk mij eens stappen. Moederziel alleen. Heel hoog en heel ver van huis. Alleen met de natuur waarvan ik deel uitmaak. Zo heb ik nog nooit in de wereld gestaan. Zo vrij, zo vanzelfsprekend. Of ben ik een vreemdeling in Jeruzalem? Kijken de bergen naar mij als naar een indringer en besluiten zij in hun ondoorgrondelijke wijsheid dat ik nog even voort mag, maar storten zij zich straks op mij? Zal ik plotseling van de aardbodem verdwijnen? Zij stelde zich voor hoe haar materie – partikels van de stof waaruit alles is gemaakt – de configuratie Anna verliet. Een deel ging op in de sterren, een deel in het gras, een deel in de dieren, een deel in de rots. De ziel brandde met een kortstondige vlam boven de bloemen. De geest bezat voor haar een stuk minder eeuwigheidsgehalte dan de stof. Niemand zag haar. Zij zag niemand. Ze bestond niet.

Dit is ondanks alles een buitengewoon leerzame periode, overwoog ze. Anna kon van stro goud spinnen. Tegenslag werd omgezet in voorspoed: het verlies van haar boeken en haar gedwongen werkloosheid hadden een leegte geschapen waarin de liefde voor Hans precies paste. Het was alsof het zo had moeten zijn. Anna beschouwde geluk als een toestand waar de mens van nature recht op heeft. Dit alles kwam haar toe. Zij kende geen vrees. Ze was vastbesloten het leven geen last te vinden, noch om met de jaren een cynische afstand te verwerven, maar om de blik gericht te houden op een eeuwig verschuivende, lokkende horizon. Toch werd elk gesprek dat ze met Hans voerde een schermutseling, evenals de liefde die ze vervolgens bedreven.

Toen ze samen de wandelkaart bestudeerden had Hans haar gewezen waar de nieuwe ski-piste zou lopen. Haar pad kruiste dat gebied. Anna begreep zijn bezwaren tegen het project, die voortkwamen uit zorg om het milieu en uit eigenbelang, hoewel hij dat laatste ontkende. Maar zij was ook gevoelig voor de demografische en economische argumenten van Pandolfi en kornuiten. Wat stelde het project trouwens voor? Anna liet haar blik gaan langs de bergwanden, de weiden, de rotsen, de sneeuwplateaus, en de bossen. Ver beneden haar lag het stadje als een kruimel in de plooi van een rok. Hoe zou het vakantie-oord er hiervandaan uitzien? Twintig chalets met tien appartementen elk, geheel in regionale stijl gebouwd, aangepast aan de eisen van de omgeving. Het was niets. Dan nog de stations van een bescheiden kabelbaan; de draden zouden in dit oogvullende landschap nauwelijks opvallen, een gondel ter grootte van een klein schuurtje zou zonder enig gerucht naar boven en naar beneden zoeven, er zou een piste worden aangelegd waarmee zegge en schrijve twee afdalingsmogelijkheden werden gegeven, en bij het bovenste station van de kabelbaan zouden drie sleepliftjes komen. Het vermelden niet waard, maar altijd nog voldoende om het dal een toekomst te geven.

Na twee uur gestaag klimmen bereikte ze het punt waar het pad zich splitste. Links leidde een rotsig klauterpad naar de pas, rechtsaf ging het langs een bergbeek naar beneden, richting Selva. Anna ging op een platte steen zitten die ondanks de toenemende kracht van de zon nog kil was van de nacht. Uit haar rugzak haalde ze brood en drinken. Wie twee maanden geleden had voorspeld dat zij, gekleed en geschoeid als een *Wandervogel* en zittend in een operettedecor, van water en brood zou genieten, die had zij rijp geacht voor een indringende sessie met een hulpverlener.

Het was stil. Het geluid van haar ritmisch knarsende voetstappen leverde even niet meer het bewijs van tijd en menselijke aanwezigheid, totdat kleine geluiden tot haar doordrongen. Hoogte, diepte, geluid, helling en horizon stelden grenzen aan de ruimte. Haar ogen leken plotseling met groothoeklenzen uitgerust. Even dicht. Alleen maar luisteren. Een vogel. De bel van de spoorwegovergang, heel ver weg. Een koeiebel. Ritmisch en kalm gerinkel van een voortsjokkend rund. Nog een koeiebel. Geklater van water. Gezoem in de bloemen. Een krekel? Zo hoog? Taktak-tak, steen op steen, alsof er gestapeld werd. Ze opende haar ogen. Haar blik gleed langs de bergbeek. Tussen dikke, overhangende plaggen gras bewoog het water zich naar beneden, naar een kleine waterval; dan een terras, waar het water in een kom werd bewaard voor het over een drempel vloeide en verder naar beneden stroomde door het bos. Tussen de bomen (honderd meter? tweehonderd meter? meer?) zag ze een gestalte bezig met brokken steen. Hij rolde ze tegen elkaar aan, vandaar het geluid dat merkwaardig ver droeg. Op haar gehoor afgaand zou ze zweren dat de man op niet meer dan vijftig meter afstand was. Haar ogen gaven andere informatie. Ze stond op en rekte zich uit. Voor ze aan de klim naar de pas begon keek ze nog een keer richting Selva.

Het pad was weinig bewandeld. De rood-witte verf van de strepen die hier en daar voor de markering zorgden, was afgeschilferd. Soms had ze moeite het volgende teken te vinden. Al haar aandacht wijdde ze aan de klim. Het was belangrijk rustig en gelijkmatig naar boven te gaan. Niet te snel. Niet al te grote stappen. Stevig de voeten op de rots plaatsen. Ademhalen. Regelmatig en diep. De wereld die zij betrad was stil maar boordevol leven. Er kwam meer wind. In rotsspleten en op vlakke stukken waar wat humus lag, groeide een grote verscheidenheid aan planten en bloemen. Ze waren klein en laag; hoogte en kou belemmerden een uitbundige ontwikkeling. Wat ze misten in formaat maakten ze goed in kleur. Net als aan zee, dacht Anna, hoe dichter bij het strand hoe lager het struikgewas en hoe kleiner de bloemen. Door wind en zout. Alleen de sterken blijven overeind in extreme omstandigheden. Tederheid voelde ze voor het eenvoudige huislook, voor de steenanjers met hun purperen bloemen die nauwelijks vijf centimeter boven de grond uitstaken, en voor het tere wasachtige mansschild, dat met uiterste volharding de haarwortels in de hardste rots duwt en zich door poolkou niet laat verdrijven. Overal scharrelden insekten: torren, rotsspringers, kevers, berghaantjes, bezielde stof, wonend in gaatjes in de grond, onder een plant, onder een steen, of trekkend van rots naar rots. De wereld was voor hen niet groter dan de alpenwei, de tijd niet meer dan het moment, een eeuwig nu, en elke daad zonder verleden of toekomst. Soms vond dat onooglijk leven een einde onder de profielzool van een reusachtig, rechtopgaand wezen. Maar er was geen sprake van tragiek, geen spanning tussen leven en het besef te moeten sterven. Alleen maar leven en alleen maar dood. Geen strijd, aanvaarding, of nederlaag. Heden. Zijn.

Het groen nam af naarmate ze hoger kwam. Het leven handhaafde zich in enkele taaie en onopvallende vormen. Leven voer wel bij de streling van warmte en water, maar niet bij gestrengheid en kilte en zuiverheid. Anna drong door in een plaats waar ze niet kon gedijen, maar zij, mens, zag en dacht en mat en kende en bewoog, en stapelde al haar ervaringen op in haar geheugen, en leerde, en handelde ernaar. Dat gaf een beslissende voorsprong op de roerloze bergen en de lagere levensvormen.

Op de Pass da Cancian aangekomen rustte ze lange tijd uit. Het licht was helder. De rotsen waren grillig en geometrisch, figuratief en abstract, monumentaal en minimaal. De Turiglion da Cancian stond rechtop als een enorme waarschuwende vinger. Of als een fallus. Hier begon het pure hooggebergte, verborgen voor het dagelijks leven beneden: een uitgestrekt en onherbergzaam gebied van rots en ijs, waar de aardkorst barstte, kruiend en stuwend. Het was of ze de uiterst trage beweging van het gesteente gewaar werd. Anna rilde. Dit oord stroopte de laatste resten vlees van haar botten. Hier hield geen leugen het uit. Hier was ze ver van het circuleren in smaakmakende groepen, haar artikelen en boeken, haar preoccupaties en relaties. Het had allemaal misschien enig belang, maar het miste authenticiteit. Het grootste deel van wat zij – anderen napratend – aanprees, was geposeerd, nep, namaak, gril, schijn, leugen. Dat besef brandde. Ze zocht de vertrouwde balsem van bedrog. Maar niets troostte haar en ze werd bang dat het nooit meer over zou gaan. Het kostte moeite haar longen vol zuurstof te zuigen; er zat iets in de weg. Ongeduldig stond ze op en liep veel te snel het vrijwel horizontale traject naar de Passo d'Ur.

Toen zij aan de tocht naar beneden begon, verloor de zon aan kracht doordat zich nevels verspreidden in de hogere luchtlagen. De bewolking werd allengs dichter en donkerder. Het licht kreeg de vale, vuilgele kleur die een onweersbui aankondigt. Het meer werd dof. Even werden de kleuren heel intens, toen doofden ze. Anna had angstaanjagende verhalen gehoord over het gevaar van een plotselinge weersomslag in de bergen. Ze hoopte dat het mee zou vallen, en versnelde het tempo. Haar kleren plakten aan haar lichaam. Door de haast waarmee ze daalde, trilden haar beenspieren. Met moeite hielden de knieën haar gewicht. Het pad naar beneden was steil en smal. Soms schopte ze een steen los, die vele meters naar beneden stuiterde. Ze dwong zichzelf langzamer te gaan en voorzichtig te blijven. Als het maar ging regenen, als de dreiging maar ophield en deed waarmee zij dreigde. De lucht was antracietgrijs. De sneeuw op de toppen was onnatuurlijk wit. Niets klopte meer. Geen kleur, geen vorm was zichzelf. Dus toch bezield, dacht Anna. Dus toch word ik verstoten. Dus toch. Dus toch.

Ze raakte buiten adem. Het was benauwd. Ze kreeg steken in haar zij. Een lichtflits. En een knal. Plotseling rolde de donder het dal rond, echode en ebde weg. Anna schrok en zocht beschutting onder een overhangende rots nog voor de eerste druppels vielen. Enkele seconden later brak de bui los. Bliksem en donder hielden niet op. Het lawaai was oorverdovend. Ze kromp ineen zoals wanneer een sneltrein zonder stoppen langs een perron dendert. Ze drukte zich tegen de rotswand in de hoop onopgemerkt te blijven. Boven het rollen van de donder en het gekletter van de regen uit hoorde ze een ander soort gerommel. Eindeloze reeksen vallende kegels. Toen zag ze de kleine steenlawine (hoe losgeraakt? waarom op drift?) recht op zich afkomen. Ze ontvluchtte de droge nis en hoorde de rotsblokken achter haar tegen de wand stoten. Binnen twee minuten was ze doorweekt en belemmerden de natte kleren haar bewegingen. Ze kon niet ver vooruitzien. De regen verborg het dal en hield de beschermende bossen uit zicht. Het gesteente glom en liet smalle stroompjes water door. Elke regendruppel spatte uiteen in kleine fonteinen. Bij elke stap dreigde ravijn. Was ze maar vast bij de bomen, bij de weiden, bij een zomerschuur, een afdak voor gekapt hout. Was er maar een huis. Haar mascara liep in haar ogen en ze kreeg last van haar contactlenzen. Ze stond stil, deed de lenzen uit en stopte ze in haar broekzak. Door haar ogen tot spleetjes te knijpen trachtte ze de weg te onderscheiden. Ze gleed uit, viel en haalde haar elleboog open. Het bloed liep, vermengd met regenwater, in grillige stralen langs haar arm en hand. Anna huilde en vloekte, veegde de natte haren uit haar gezicht en strompelde verder. Goddank, de roodwitte verfstreep. Ze was op de goede weg. De hoop dat ze nu spoedig in bewoond gebied zou komen spoorde haar aan. Een felle bliksemflits verlichtte de omgeving, vrijwel meteen gevolgd door de donder. Geen tel ertussen. Het centrum van de bui was dichtbij. Misschien stond zij midden in het magnetisch veld. Kon zij geraakt worden? Ze moest afdalen. Snel. Snel. Snel.

Verkrampt, nat, en met bonzend hart ging ze voort. Juist toen ze dacht een zekere cadans te hebben gevonden, viel ze. Haar voet gleed zijwaarts van een gladde steen, haar enkel bleef steken en zwikte, zij kon zich niet staande houden, gleed enkele meters hotsend en botsend door, viel ten slotte met haar schouder en hoofd tegen een rotsblok en kwam tot stilstand. Ze wilde opstaan en doorgaan, merkte toen dat haar been dubbelklapte en dienst weigerde. De pijn drong door. Ze raakte buiten bewustzijn. Niet lang, want het regende nog toen ze bijkwam. De donder rolde na in de verte. Merkwaardig genoeg was de paniek verdwenen. Wat zij vreesde was gebeurd. Heelhuids thuiskomen was niet meer mogelijk; de vraag was nu óf ze nog wel thuiskwam. Als Hans het niet deed, zou niemand haar komen zoeken. Ze realiseerde zich dat ze vooral warm moest blijven, wurmde haar trui uit haar rugzak en trok hem aan. Er zat niets anders op dan zittend naar het dal af te zakken. Op haar billen schoof ze verder, terwijl ze haar gewonde been optilde met haar niet gewonde arm. Waar het pad een ruw soort rotstrap was met hoge treden, kostte het afdalen veel moeite. Ze was duizelig en misselijk van de pijn.

Toen ze in de rots een holte zag waar het droog was, besloot ze daar te rusten. Hoe laat was het? Halfvier. Klappertandend inspecteerde ze haar verwondingen. De elleboog was niet erg, het bloeden was opgehouden. Haar schouder was stijf. Haar hoofd deed pijn. Ze maakte haar wandelschoen los en voelde voorzichtig. De enkel was gezwollen. Elke aanraking was pijnlijk. De schoen moest uit. Als ze het nu niet deed, zou het straks onmogelijk zijn. Ze beet op haar lip. Nu! Ze schrok van haar kreet. Ze hijgde, leunde met haar hoofd tegen de rots en sloot haar ogen. Alles draaide. Niet weer flauwvallen. Dan zou ze te veel afkoelen. Ze had ergens gelezen dat afkoeling niet alleen de voornaamste doodsoorzaak is bij drenkelingen maar ook bij slachtoffers van ongelukken op de berg. Ze begon zichzelf te wrijven, maar de beweging kostte energie en dus warmte. Ook dat had ze gelezen: schipbreukelingen die in het water zijn terechtgekomen, moeten niet proberen te zwemmen, het verbruik van energie versnelt het afkoelen; het beste is een drijfhouding aan te nemen die zoveel mogelijk energie spaart. Een foetushouding. Dat had ze mooi symbolisch gevonden, maar nu leek het haar vooral praktisch. Ze ging op haar zij liggen, het gewonde been boven, kromde haar rug en trok haar knieën op. De hals van haar trui haalde ze op tot boven haar neus, zodat haar adem haar lichaam verwarmde. Er mocht niets verloren gaan.

Natuurlijk zouden ze haar zoeken. Geen twijfel mogelijk. Als ze voor zonsondergang niet bij Hans was, ging hij op zoek. Alleen of met iemand die de weg beter kende dan hij. Met Beniamino Pandolfi bijvoorbeeld. Ze stelde zich voor hoe hij misschien nu al, verontrust door de onweersbui, bij Ben zou aankloppen en zeggen: 'Anna is op de berg. Laten we haar tegemoetgaan. Er kan iets gebeurd zijn.' Ben trok meteen zijn jack aan en nam een sterke zaklantaarn mee en touw; nog even en ze zouden haar vinden.

Na een uur werd de pijn ondraaglijk. Zou hij haar wel gaan zoeken? Zou hij haar wel kunnen vinden? Was ze niet per ongeluk toch van de goede weg afgedwaald? Ze moest verder. Ze moest hen tegemoet. Anna krabbelde op uit haar ongemakkelijke houding in de stenen baarmoeder. Haar rugzak was onhandige ballast. Ze haalde er een reep chocola uit en propte die bij haar contactlenzen. De veldfles met drinken ledigde ze in een paar teugen; ze stopte hem terug. Water was er genoeg. Alleen de wandelkaart nam ze mee. Het regende nog steeds een beetje. Volgens haar berekening was ze even boven de zomerschuren van Alp d'Ur. Als ze geluk had kon ze schuilen in een van die houten hutten met daken van ijzeren golfplaten. Ze schoof verder. Scherpe stenen sneden in haar handen. Elke beweging joeg een steek door haar bonzende enkel. Kruipen zou misschien sneller gaan. Moeizaam rolde ze om en bracht haar gewicht over van haar billen naar haar knie. Haar gewonde been liet ze achter zich aan slepen. Maar al spoedig bleek dat ook deze houding niet ideaal was op een helling. Haar polsen waren te zwak en haar schouder was gekneusd. Ze huilde van pijn en machteloosheid, maar ze bleef voortgaan, meter voor meter. Soms keek ze om. Zag ze haar rugzak nog? Hoe ver was ze gekomen? Waren er al struiken, bomen? Ze zag gras. Eetbaar gras. Hier weidden koeien. Hoorde ze een bel? Was er een beest in de buurt, een levend, warm wezen? Was er een schuur, een herder, een boer? Was dat het geluid van een Landrover? Tijd en afstand hielden op te bestaan maar hielden haar tegelijk het meest bezig. Hoe lang nog. Hoe ver nog.

Een kolkende modderstroom versperde haar weg. Het

pad was over een breedte van een tiental meters een snelstromende rivier geworden. Hier hield het op. Ze staarde naar het water, dat maar stroomde en stroomde. Verderop en iets lager meende ze tussen de kruinen van de eerste bomen de blinkende daken van Alp d'Ur te zien. Onbereikbaar. Anna was aangekomen bij haar grenzen.

Thomas Wassermann keek verbaasd op van het schaakbord. Hij trok puffend aan zijn kromme pijp en blies de rook in korte stootjes uit.

'Weet je het zeker, Hans?'

Hans Hartog staarde naar de stukken. Hij zei niets terug.

'Schaak,' zei Wassermann, terwijl hij zijn koningin verplaatste. In twee zetten zou Hans mat zijn. Dat was niet nodig geweest. Hans bleef naar het bord kijken alsof er geen stuk was verzet.

'Jij bent, Hans.'

Hans pakte werktuiglijk zijn koning en zette hem op een veilig veld.

'Wat is Nicole opgewekt vandaag,' zei hij. Thomas keek naar zijn vrouw. Ze zat in de muziekkamer, die door half openstaande schuifdeuren gescheiden was van de salon. Ze speelde uit het *Klavierbüchlein* en neuriede erbij.

'We hebben weer een klein ritje met de auto gemaakt,' zei Thomas en zette opnieuw zijn koningin.

'Ging het?' Hans zag dat hij verloren stond.

'Het gaat steeds beter. Misschien komen we jou binnenkort opzoeken. Mat.'

Ze leunden achterover in hun stoel.

'Het regent nog steeds,' zei Hans. Tien uur. Het was donker. Hij hoorde de regen ruisen in de bomen.

'Je speelde slecht. Is er iets?'

'Anna Arents is vandaag naar de Pass da Cancian gegaan.'

'O,' zei Wassermann en hij klopte zijn pijp uit.

'Heb jij haar soms thuis zien komen?'

'Ik zie haar zelden. Waarom?'
'Ze zou misschien bij mij langs komen...'
'En je hebt haar niet gezien?'
'Ik was niet thuis. Ik heb haar nog gezegd dat ik niet thuis zou zijn.'
'Waarom ben je dan ongerust?'
'Ik ben niet ongerust.'
'Je had je gedachten niet bij het spel.'
'Revanche?' stelde Hans voor.

Ze stelden de stukken opnieuw op. Nicole stond naar hen te kijken. Thomas stak zijn hand naar haar uit.

'Kom er even bij zitten.'

Nicole leek voortdurend licht in trance. Er hing een aura om haar heen van verlangen naar een ver verleden. Haar lange, golvende, opgestoken haar en de wijde, tijdloze jurken die ze droeg, versterkten die indruk. Dat is het, dacht Hans, haar ruimtevrees is tijdvrees: ze hoort niet thuis in deze tijd. Ze ontwijkt. Daar had Anna geen last van. Woedend was hij om de manier waarop ze in hem was doorgedrongen als kruipolie. Als zij er niet was, wenste hij haar nabij. Was zij er, dan waren er altijd wanklanken en ergernissen en verlangde hij naar eenzaamheid. Een oplossing voor het dilemma was er niet. Hij vreesde haar uit te moeten zieken als een virus. Vond ze haar boeken maar weer terug. Die wandeling was gekkenwerk voor een ongetraind stadsmens. En haar aandringen dat hij thuis moest zijn ergerde hem mateloos. O nee, nooit commando's. Hij was weggegaan, juist toen de bui losbarstte. Zij zou wel ergens schuilen, hem niet thuis treffen en dan op eigen huis aangaan. Boos en verdrietig misschien. Dat moest dan maar. Het was een teken. Als ze dat niet begreep, had ze een bord voor haar kop.

'Ben je op Anna Arents gesteld?' vroeg Nicole.
'Ze is heel anders dan ik ben.'
'Dat vroeg ik niet.'

'Jawel, ik ben wel op haar gesteld, maar ik zou haar niet dagelijks om mij heen kunnen verdragen.' Hij had zich vaak afgevraagd waarom Thomas niet gek werd van dat eeuwige gepingel op die piano. Nicole speelde hemels, dat hoorde hij wel, maar te veel nectar en ambrozijn zouden hem doen verlangen naar versterving of een stamppot. De verhouding tussen Thomas en Nicole liet zich niet in gebruikelijke termen beschrijven. Een van de intrigerende kanten van de vriendschap met de dokter was dan ook getuige te zijn van die merkwaardige liefde.

'Waarom niet?' Nicole keek hem aan met haar wereldvreemde blik. Ze leek de wijsheid van een engel te hebben: ze had kennis van het kwaad maar was er niet door aangeraakt.

'Anna is vermoeiend. Ze wil altijd iets. Praten. Wandelen. Taarten bakken, bloemen plukken, hout snijden, biljarten, bergbeklimmen. En al die activiteiten wil ze met je delen of aan je opleggen.'

'Thomas vertelde dat ze kunsthistorica is. Interessant.'

'Ze weet veel van kunst, ja, maar niets van schoonheid.'

'Maar waarom ben je dan toch op haar gesteld?'

Hans dacht lang na.

'Ze heeft iets dat ik verloren ben.'

'Wat dan?'

'Geloof. Zelfvertrouwen.'

Nicole knikte een aantal malen heel langzaam, alsof de woorden als kwartjes een voor een in de automaat vielen. Thomas schonk wijn in grote, kristallen glazen. Hans ging verder in een plotselinge behoefte aan vertrouwelijkheid: 'Misschien ben ik jaloers. Ik ben grootgebracht met wantrouwen. Iedereen had het altijd op mij gemunt. Dacht ik. Daarom heb ik mij teruggetrokken. Anna verovert de wereld. Het is haar huis.'

Nicole zei: 'Ik benijd haar,' en liep terug naar de piano. Thomas keek haar na en stelde voor verder te spelen. Hans koos een opening die hij slecht beheerste. Het schuldgevoel om Anna moest in een hoek worden gedreven en getemd door zich op iets anders te concentreren. Als er sprake was van schuld, dan was Anna schuldig. Zij was eigenwijs, eigengereid en bezitterig. Het lenen van de Landrover was ook al haar idee. Eigenlijk had ze bij hem willen slapen, maar hij had gelukkig aan het begin van hun verhouding gezegd dat hij liever alleen sliep. De aanwezigheid van een ander in zijn bed hield hem wakker en bovendien had hij een ochtendhumeur. Het was een leugen, die zij naar hij hoopte doorzag. Hij wilde afstand houden. Redenen genoeg. Hij wilde haar niet deelgenoot maken van zijn nachtmerrie. Misschien herinnerde zij zich nog de kale vlakte rond de Laurenskerk, maar wat betekende die voor haar? Een speelterrein. Ze moest van voorbijgaande aard zijn. En hij was niet verantwoordelijk voor haar daden.

Ditmaal liet Thomas' zet op zich wachten. Hans keek op en wilde iets zeggen. Thomas legde hem met een handgebaar het zwijgen op. Hij luisterde intens en met een trek van ongeloof op zijn gezicht naar de muziek van Nicole. Zij zat in haar gewone, geconcentreerde houding achter de vleugel, speelde van het blad en fronste haar wenkbrauwen. Na een aarzelend begin kreeg haar spel meer kracht en kleur.

'Mozart?' vroeg hij fluisterend aan Thomas. Die knikte. Hij voelde zich te veel en wilde weggaan, maar kon niet zolang Nicole speelde en Thomas luisterde. Hij was een indringer en een voyeur. En het stak hem dat hij hun liefde beschouwde als een onbereikbaar ideaal. Het was muziek. Maar dat laatste dacht hij omdat hij zo weinig verstand had van muziek en opzag tegen ieder die zich kon laven aan die geheime bron. Plotseling wist hij wat hij moest maken van een groot blok hout dat onbewerkt op zijn inspiratie wachtte.

De telefoon ging. Nicole hield op met spelen en trok met een abrupt gebaar haar handen van de toetsen, alsof ze zich had gebrand. Ze keerde haar rug naar de salon en bleef zo zitten. Thomas nam op. Hij luisterde lang en zei ten slotte: 'Ik kom.' Hij legde de hoorn op de haak: 'Ze hebben Anna Arents gevonden. Gebroken enkel, shocktoestand.'

Daniele Puccio stond naast de brancard waarop Anna was gelegd. Hij schikte zorgzaam de dekens om haar heen. Een elektrische kachel maakte de kamer warmer dan nodig was, maar Anna rilde aan één stuk door. Ze was bleek en leek nauwelijks bij bewustzijn. Haar voet was onbedekt. Ze kon het gewicht van de dekens niet verdragen. Daniele stond op zijn tenen en reikte hoog om het natte haar uit haar gezicht te strijken. 'Het is goed. Nu bent u veilig. De dokter komt. Stil maar. Stil maar.' Hij pakte haar hand en streelde die met een automatisch gebaar, als een slecht acteur die opdracht tot strelen heeft gekregen. Hoge smakjes en klakjes en sisjes en hummetjes maakte hij bij wijze van geruststellende geluiden. Toen dokter Wassermann en Hans Hartog de kamer binnenkwamen, op de voet gevolgd door zuster Immaculata, liet hij Anna los en verborg hij zijn hand achter zijn rug. Hij deed een paar stappen achteruit.

Thomas inspecteerde snel de voet, keek toen naar Anna's gezicht. Terwijl hij haar pols voelde, liet hij zich door Immaculata kort informeren over bloeddruk en temperatuur.

'Verdere verwondingen?'

'Nee, dokter. Alleen de enkel en een schaafwond aan de elleboog.'

Wassermann keek naar de pupilreactie.

'Heeft u pijn?'

'Mijn enkel,' zei Anna, nauwelijks hoorbaar.

'Nergens anders?'

'Hoofd. Een beetje.'

'Bent u buiten bewustzijn geweest?'

'Weet niet.'

'Wat is er gebeurd? Kunt u dat vertellen?'

'Gevallen.'
'Bent u met uw hoofd ergens tegenaan gevallen?'
'Weet niet.'
'Wat voor dag is het vandaag?'
'Maandag?'
'Wat is uw geboortedatum?'
'16 december.'
'Waar woont u?'
'Rotterdam... nee... Amsterdam, ja, Amsterdam... Prinsengracht?'

Wassermann richtte zich weer tot Immaculata.

'Röntgen van de enkel. Droog en warm maken. Benen hoog. Sedativum. Dan naar de gipskamer.'

Hij gebaarde Daniele Puccio hem te volgen. Hans bleef achter en deed een stap in de richting van de brancard, maar de resolute werkbewegingen van de non maakten hem al spoedig duidelijk dat hij ongewenst was. Hij durfde Anna niet te naderen en wist niet of zij zich van zijn aanwezigheid bewust was. Na enige aarzeling liep hij achter Thomas en Puccio aan. Wassermann had zijn witte jas aangetrokken en was bezig zijn handen te wassen.

'Jij hebt haar dus gevonden, Puccio.'

'Ja, Dottore.' Daniele streek zijn keurig gescheiden zwarte haar glad dat als een helmpje zijn hoofd bedekte.

'Waar? Hoe laat? Hoe lang had ze daar al gelegen?'

'Neemt u mij niet kwalijk, meneer Hans,' zei Puccio met een buiging in Hans' richting, 'dat ik haar ben gaan zoeken. U moet het niet beschouwen als een verwijt. Ik wist dat zij de wandeling zou gaan maken. Het was mooi weer vandaag en zij was het allang van plan. Vanmiddag barstte de onweersbui los en ik hoopte dat zij tijdig bij meneer Hans was aangekomen. Daar is zij wel meer en het is een mooi eindpunt voor de wandeling. Toen ik vanavond bemerkte dat meneer Hans zoals gewoonlijk bij u was – ik zag de Landrover voorrijden – en Frau Doktor Arents nog niet thuis was – dat kan ik goed zien, vanuit mijn woonkamer kijk ik praktisch bij haar binnen –, begon ik mij ongerust te maken. Zij was nergens te vinden in het dorp. Ik vreesde een ongeluk, heb mijn auto genomen en ben haar gaan zoeken. Rond halfelf vond ik haar. Zij had de hutten op Alp d'Ur bereikt, maar ze was zeer vermoeid en had veel pijn. Bovendien was zij nat en tot op het bot verkleumd. Ze had met haar gebroken enkel honderden meters afgelegd over een rotsachtig bergpad en ze moest op korte afstand van Alp d'Ur een modderrivier doorwaden, die door de wolkbreuk was ontstaan. Een hachelijke onderneming, want de snelheid van de stroom had haar in haar toestand makkelijk kunnen meevoeren als een stuk wrakhout. U weet hoe dat gaat. Maar zij is een sterke vrouw met grote wilskracht,' besloot hij op een toon van trots, alsof hij haar had gecoacht. Thomas droogde zijn handen.

'Dat jij haar bent gaan zoeken, Puccio, is haar redding geweest. Een hele nacht gewond daarboven op de berg doorbrengen is zowel lichamelijk als geestelijk buitengewoon zwaar.'

'Ik ben blij dat ik haar heb gevonden, dokter. Komt ze er weer bovenop?'

'Voor zover ik dat nu kan beoordelen: ja. Een paar dagen rust, het been in het gips en ze is weer de oude. Ga maar naar huis, Daniele, en pak een stevige borrel. Je zult wel moe zijn. Kom morgen maar naar je verloren schaap kijken. Dan zal ze je zelf kunnen zeggen hoe dankbaar ze is.'

'Ze hoeft me niet dankbaar te zijn. Het was me een voorrecht, dokter, en het sprak vanzelf.' Puccio maakte zijn ouderwetse buiging en verdween.

Hans keek de kleine gestalte na. De postbode had de rug van een jongen, de stem van een meisje en de geest van een oude man. Zijn schaamte nam verschillende vormen aan: haat jegens Puccio die rechtstreeks zijn vernedering veroorzaakte, medelijden met Anna, en verlegenheid tegenover de vriend in wiens ogen hij tekortschoot. En toch, wat had hij moeten doen? Wat verwachtten ze allemaal van hem? En waarom? Als hij thuis was gebleven zou het waarschijnlijk niet eens geregend hebben en zou Anna vrolijk fluitend binnen zijn gewandeld. Nu hij zijn huis – uit zelfverdediging – had verlaten, werd hij op deze manier gestraft. Het was nooit goed.

'Ik zou haar zijn gaan zoeken,' zei hij.

Thomas Wassermann liep de kamer uit. Sinds het telefoongesprek waarin het ongeluk van Anna werd gemeld, had hij niet meer tegen Hans gesproken, hem zelfs niet aangekeken.

Isabella stond op het punt te sluiten toen Hans Hartog de deur van het restaurant openduwde. Er was geen klant meer. Antonella, de seizoenhulp, en Mario, de kok, waren naar bed gegaan. Ze moest alleen nog de kas opmaken.

'Ben ik te laat voor een slaapmutsje, Isabella?'

Hij zag er niet florissant uit. Zijn haar was in de war en langs zijn neus liepen diepe vouwen. De wallen onder zijn ogen leken de last van een doorwaakte nacht te torsen. Zo had ze hem het liefst. Hij was even oud als zij, en wanneer hij er naar zijn leeftijd uitzag, was dat winst voor haar. Ze benijdde mannen. Die werden met de jaren aantrekkelijker.

'Ik wilde net sluiten, maar kom binnen, dan nemen we er samen een.'

Hans ging aan de bar zitten. Isabella pakte de sleutelbos van de haak en deed de deur achter hem op slot. Stel je voor dat Zannoni het in zijn hersens kreeg als een mug op het licht af te komen. Het zou niet voor het eerst zijn, dat hij haar rond sluitingstijd verraste.

'Wat wil je drinken? Het is van het huis.'

'Een grappa.'

Terwijl ze de glazen vulde, vroeg ze zonder hem aan te

kijken: 'Je ziet er slecht uit. Heb je hard gewerkt?' Die blonde Hollandse putte hem natuurlijk uit. Die zoog hem leeg.

'Ja, nogal. Proost.' Hij leegde het glas in één teug. Isabella schonk opnieuw in en kwam naast hem zitten. Ze was klein en moest zich op de kruk hijsen. Haar rok kroop op. Ze deed geen moeite de zoom over haar knieën te trekken.

'Die hoorzitting over Millemorti...' begon ze.

'Wat is daarmee?'

'Dat is geen succes geworden voor ons, hè?'

'De definitieve beslissing is nog niet gevallen. Je weet maar nooit. We moeten doorgaan met onze acties.'

'De brief van Beniamino is slecht gevallen. Die oude heeft het goed gepareerd. Vader was niet boos, vader was verdrietig.'

'Er is weinig van te zeggen. In de raad heeft Pandolfi ook zijn tegenstanders.'

Hans zweeg en staarde voor zich uit. Isabella overwoog verschillende manieren om zijn aandacht te vangen. Nu had ze hem alleen en nu zou ze hem houden ook. Hij ging hier niet vandaan zonder een bezoek te hebben gebracht aan haar liefdesaltaar. Hoe diep zou die blonde zitten? Sinds Hans in het dal was gekomen, had hij wel vele geliefden gehad, maar nog nooit was er een permanent doorgedrongen tot zijn slaapkamer, ook die Anna niet. Wat dat betreft was zij, Isabella, niet veeleisend. Ze was er niet op uit bij hem in te trekken. Ze deed geen aanslag op zijn gewoonten. Ze wilde alleen voortaan zijn maatstaf zijn: geen betere minnares dan Isabella Andreini.

'Wat ga je doen als Millemorti er komt?'

'Het komt er niet.'

'Ga je weg of blijf je?'

Hij keek haar aan. Dat was het moment waarop ze had gewacht. 'Wat bedoel je?' zei hij.

Ze legde haar hand op zijn arm en lachte. 'Nu blijf je natuurlijk hier, ik wil je niet weg hebben, integendeel, maar ik bedoelde: blijf je op Selva wonen als Millemorti doorgaat of ga je daar weg?'

'Ik weet het niet.' Hij liet de hand met de roodgelakte nagels op zijn arm liggen. Isabella rook lekker. De geur van een ziekenhuis maakte hem altijd misselijk.

'Mag ik je iets zeggen?' Isabella's stem klonk alsof ze van plan was een oprechte, moederlijke raad te geven. Ze wachtte niet op zijn toestemming maar ging door: 'Toen ik vijfentwintig jaar geleden in dit dal kwam, vanuit Venetië, de stad van de zee, kon ik mij moeilijk aanpassen in de bergen. Het heeft zeker tien jaar geduurd voor ik me een beetje thuisvoelde en voor ik erbij hoorde, en zelfs nu nog zijn er mensen die mij als een buitenstaander behandelen als hun dat uitkomt. Ik heb geleerd dat het hier loont opportunist te zijn, te pakken wat je pakken kunt op het moment dat zich de gelegenheid voordoet. Zo is iedereen in het dal. Zelfs en misschien juist de idealisten. Ik heb je gehoord tijdens de hoorzitting en ik heb om mij heen gekeken naar de reacties. Ze geven je gelijk, omdat je gelijk hebt en het goed brengt, maar ze doen het niet van harte; ze nemen je kwalijk dat je gelijk hebt, want jij bent niet een van hen. Je moet de kracht van je positie niet overschatten en je moet de macht van de *Heimat* niet onderschatten. Je denkt dat je geaccepteerd bent, maar je bent nog lang niet geassimileerd en het is de vraag of je dat ooit zal lukken. Wees op je hoede. Ga wat omzichtiger te werk.' Haar stem klonk dringend. De boosheid in zijn ogen was weggezakt; ze had zijn belangstelling gewekt, al was hij nog wantrouwend.

'Ik heb er niets van gemerkt,' zei hij, maar Isabella vond dat het niet overtuigend klonk.

'Natuurlijk merk je dat niet. Daar heb jij geen oog voor. Daarvoor moet je kasteleinse zijn, mensenkennis hebben. Ik ken dat stelletje hier als mijn broekzak, en ik maak me sterk dat ik ook weet wat jou dwarszit.'

'Er zit me niets dwars.'

'Anna Arents was op de berg.'

'Hoe weet je dat?' Als door een adder gebeten. In de roos.

'Van Daniele Puccio, je rivaal.' Isabella lachte klokkend. 'Om een uur of negen kwam hij hier langs. Is Frau Doktor Arents hier geweest? Dat precieze stemmetje. Nee? Ze maakte een tocht. Is ze niet bij Hans Hartog, vroeg ik. Nee, Hans Hartog was bij dokter Wassermann, zei Daniele. Ik heb hem nog nooit zo nerveus gezien. Is ze terecht?'

'Ja, ze is terecht.'

Hans Hartog stond op. 'Wat krijg je van me?'

Isabella gleed van haar kruk en stond zo dicht tegen hem aan dat hij onwillekeurig ruimte maakte. Dat haar nabijheid niet per ongeluk was, bewees ze door weer een stap in zijn richting te doen. Haar handen kropen langs zijn borst omhoog naar zijn schouders.

'Doe niet zo flauw, Hans. Het was van het huis. Dat heb ik gezegd. Vanavond is alles van het huis.' Ze lachte naar hem. 'Of kun je niet? Wacht Anna op je?'

'Nee, ze wacht niet op me. En al zou ze op me wachten, ik heb geen verplichtingen.' Nog aarzelde hij.

'Goed zo,' zei Isabella. Ze deed een stap achteruit en liet hem los. 'Nog een borrel dan ten afscheid?'

Hans lachte. 'Maar niet hier.'

Even later volgde hij haar de smalle trap op naar de kamer met de geur van bakvet en Femme de Rochas.

Hoofdstuk 5

Isabella was van plan Antonella na het spoelen van de glazen naar boven te sturen. Het was niet druk. Er waren nog twee vreemdelingen die in het dorp waren gestrand, en Zannoni. De burgemeester zat aan een hoektafel in het cafégedeelte en las de krant. Voor hem stond een glas cognac. Hij zat er niet zomaar, wist Isabella. Hij wachtte tot alle klanten weg waren en zij ging sluiten. Hij bedelde om aandacht door vaak een kleinigheid te vragen: een glas water, een tandenstoker, nog een cognac, een schoteltje chips. Om hem te plagen flirtte ze een beetje met Antonella; ze maakte grapjes, tikte haar speels tegen de wang en keek met zichtbaar genoegen naar de lange benen in zwarte panty's toen de serveerster naar de deur met het bordje 'Privé' liep.

'Een schatje, vind je niet, Zannoni?'

'Jij zult het wel weten,' zei Zannoni knorrig.

'Niet boos op me zijn, oude brombeer,' zei Isabella en ze aaide hem over zijn grijze hoofd. Tegen de draad in. Hij haalde zijn vingers door zijn haar. De intieme toon van Isabella's gepruil bevrijdde de burgemeester van zijn schroom.

'Isabella!'

Hij greep haar hand – hij kon er net bij zonder van zijn stoel te vallen – en trok haar naar zich toe. Langs haar ronde borsten in de dunne witte trui keek hij op naar haar spottende blik.

'Isabella, ik hou het niet meer uit. Je weert me al zo lang af. Waar heb ik dat aan verdiend? Ik heb je toch niets gedaan?'

Isabella legde haar hand om Zannoni's achterhoofd en drukte hem tegen zich aan. Hij voelde de weekheid van haar buik en hij hoorde haar maag rommelen. Een innig welbehagen stroomde door zijn aderen.

'Nee, je hebt niets gedaan. Dat is het hem juist.'

'O, gelukkig,' zuchtte hij.

'Ik zal je eens wat vertellen, Zannoni.' Ze liet hem los en ging tegenover hem zitten. De geur van haar lijf zat nog in zijn neus en wond hem op. Wat ze ging zeggen moest goed zijn. Misschien zou ze wel voorstellen er samen vandoor te gaan, kon ze niet meer leven met deze situatie, wilde ze alleen nog maar hem en was ze desnoods bereid alle schepen achter zich te verbranden. Hoe moest hij reageren? Enthousiast maar verstandig: niets liever dan vluchten met jou, *cara*, niets liever, maar... En dan wat bezwaren, plichten, verantwoordelijkheden, tranen, eden van trouw, en ten slotte ter bezegeling van de status quo een wulpse Isabella in het bed met roze lakens.

'Ik ben het zat, Zannoni.'

De woordkeus was niet precies het romantisch-tedere begin dat hij zich had gedacht, maar de strekking klopte.

'Je bent op die hoorzitting afgegaan als een gieter.'

Waar had ze het over?

'Millemorti gaat door dank zij jouw besluiteloosheid. Als jij geen behoorlijk tegenwicht vormt tegen die dikke oplichter, dan wint hij de zaak. Iedereen heeft met hem te doen omdat zijn zoon socialist is geworden en dat stuk in de krant heeft geschreven, waar hij groot gelijk aan had overigens. Jij bent een slappeling. Door je mond te houden speel jij die kongsi van Graziani, Pandolfi en Spavento in de kaart. En de sfeer in het dorp gaat eraan. Dat is één.'

Dit gaat helemaal de verkeerde kant op, dacht Zannoni, en hij vreesde punt twee. Dat kwam aan als een rechtse directe.

'Jij bent van nu af aan overtuigd tegenstander van het

project-Millemorti en je schreeuwt dat van de daken of er gebeuren twee dingen.' Ze nam even pauze voor de spanning. 'A: het is compleet en voorgoed uit tussen ons en B: ik laat je vrouw weten waar jij de afgelopen twee jaar hebt overgewerkt en vergaderd en welke stukken jij zo nodig moest bestuderen.'

Zannoni was groggy.

'En als ik doe wat je zegt?'

God, wat een klootzak, dacht Isabella. Wat moest ze met hem? Belonen? Dan kwam ze nooit van hem af. En juist nu wilde ze haar handen vrij hebben voor Hans. Die blonde lag nog in het ziekenhuis en de uren die ze met hem had doorgebracht hadden een belofte ingehouden.

'Dan zeg ik niets tegen je vrouw.'

Wat een transactie! Zannoni boog de kop als een geslagen hond. Hij kon geen kant op. Iedereen moest hem hebben. Niemand hield van hem. Even bekroop hem de neiging zijn hoofd op zijn gekruiste handen te leggen en hartgrondig te snikken, maar hij besefte tijdig dat hij Isabella daarmee niet zou winnen. Hoe kon hij uit dit vreselijke dilemma komen? Zijn doel stond vast: Isabella hebben en houden en schipperen met Millemorti. Het zou wel uitdraaien op het omgekeerde.

'Ik doe het alleen als jij en ik... als wij... als jij...'

Hij kan het niet eens zeggen, dacht Isabella en haar ogen vulden zich met minachting, hij kan niet eens zeggen 'als je met me naar bed gaat', want dat is het enige dat hij wil, en liefst voor niets. Maar wat win ik erbij als ik weiger? Stel, ik zeg het tegen die harpij van hem, dan heeft hij een huis vol herrie en heult hij voor ik het weet uit wraak met de vijand. Daar schiet ik niets mee op. In godsnaam dan maar...

'Goed, Zannoni. Afgesproken.' Ze legde haar hand over de zijne. Vol vuur drukte hij zijn lippen op haar vingers. Was hij maar weer eenmaal in haar slaapkamer, dan zou hij haar van een definitieve breuk afhouden door al het heerlijks met haar te doen waarvoor zij hem in de afgelopen jaren zo had geprezen.

'Nu.'

'Wat?'

'Nu.'

'Wat nu?'

'Naar boven. Jij en ik. Het is al drie maanden geleden.'

Isabella slikte. Gaf je hem een vinger, dan nam hij meteen de hele hand.

'Als de gasten weg zijn.'

'Ik wacht wel.'

'Morgen maak je je standpunt bekend,' zei Isabella beslist.

'Goed.'

Hij had gewonnen! Boven Jan! Spekkoper! Bofkont. Heer. Meester. Wat kon hem Millemorti schelen. Of het nu doorging of niet, het deed er niets toe. Ze konden met hem alle kanten op, als hij Isabella maar had. Hij zond haar een handkus, terwijl ze afrekende met de vreemdelingen.

Voor ze ging sluiten veegde Isabella de tafels met een natte doek. Langzaam. Uitstel. Zannoni volgde al haar bewegingen. Ze zou hem leren. Commanderen zou ze hem. Schofferen. Straks zou hij aan haar voeten liggen. Haar knieën omvatten als een smekeling. Kruipen zou hij. Door het stof.

De plotselinge overtuiging van Zannoni bracht het gehele dorp in beroering. Toen hij zijn nieuw verworven standpunt bekend maakte aan zijn ambtenaren op het gemeentehuis – acterend dat het de vrucht was van veel studie en rijp beraad –, viel er een lange, diepe stilte. De kassier/gemeenteontvanger sloop weg onder het voorwendsel naar het toilet te moeten en ging zijn vrouw bellen, die niet alleen een zuster was van Graziani's echtgenote, maar ook winkeldame bij de patisserie/tearoom van Zannoni's zwager (de broer van zijn vrouw). Vandaar begon de mare zijn grillige loop door de dorpsgemeenschap. Nog voordat de diepe stilte op het gemeentehuis was verbroken, wist mevrouw Zannoni van het verraad van haar man. Zij ontstak in woede en wierp het herbarium waar de burgemeester jarenlang de regionale flora in had verzameld, in de vuilnisbak. Graziani liet onder het winkelpersoneel de oekaze rondgaan dat voor de burgemeester voortaan de Ricolabonbons en de Midalgan uitverkocht waren. Pandolfi overwoog zich terug te trekken als juridisch adviseur van het gemeentebestuur, maar besloot zijn prijs te verdubbelen. Spavento hoopte op een spoedig verval van de burgemeesterswoning. Het waren kinderachtige, primaire reacties, evenals de bezorging van een bos rode rozen uit naam van de socialisten.

Zannoni's positiekeuze in de kwestie-Millemorti meer nog dan de polemiek in de *Grigione Italiano* was het schot van Serajevo. Op zichzelf een onbeduidend vonkje, maar genoeg om het vuur te ontsteken in het kurkdroge kreupelhout. Pandolfi en zijn kompanen wendden hun invloed en geld aan om medestanders te winnen. Zij gingen zelfs op een dag naar Chur en Bern om hun zaak te bepleiten bij een slaperige ambtenaar en kwamen met gunstige berichten terug. Het kanton zou niet ongenegen zijn de plannen goed te keuren, en Bern zou in geval van goedkeuring door het kanton de handtekening niet weigeren. Gelosi trok in het voetspoor van het triumviraat naar een partijgenoot op een hoge positie in het provinciaal bestuur, en bedelde daar een afwijzing af. De regionale pers besteedde aandacht aan het conflict. Een televisieploeg van het kleine Italiaanssprekende net kwam een reportage maken, die niet slecht uitviel voor het project. Ogenblikkelijk trommelden Gelosi en Pandolfi junior twee milieudeskundigen op die in een lezing met lichtbeelden de gevaren van ontbossing en ontgronding door de toeristenindustrie en de zure regen schetsten. De ingezonden brievenstroom in de *Grigione* nam dusdanige vormen aan dat de drukker geen redactionele bijdragen meer accepteerde, maar alleen nog advertenties, hetgeen zijn kas behoorlijk spekte.

Al spoedig werd het argumentenslagveld verlaten en zocht men de vruchtbaarder weide van verdachtmaking en wederzijdse intimidatie. Zannoni werd nog steeds door vriend en vijand gebruikt als pispaal. En was hij nu maar gelukkig met zijn Isabella! Maar ook zij behandelde hem koel. Hij mocht nog eenmaal na lang soebatten met haar mee naar boven, doch het liefdesspel was ongeïnspireerd. Het was een slechte ruil geweest, vond hij. Er zat niets anders op dan de tijd uitzitten en wachten tot de definitieve beslissing een eind had gemaakt aan de strijd en een begin aan vergetelheid. Voor zijn part won Pandolfi. De triomf die zijn vrouw daarmee zou behalen maakte het huiselijk leven, dat sinds zijn besluit de gezelligheid van een stationswachtkamer bezat, misschien weer draaglijker. Het gemeentelijk leven zou er ook makkelijker op worden, want de macht van wraakzuchtige Graziani's en Spavento's was aanzienlijk. Aan de brave socialisten, de milieufanaten, bergboeren en ander armlastig volk verdiende hij geen droog brood. Met Isabella was het uiteindelijk een aflopende zaak, dat zag hij wel in. Hij liep over van zelfmedelijden en zat soms 's middags om vier uur al aan de cognac.

Brief van Daniele Puccio aan Daniele Puccio

Juni
'Daniele,
Dat moest je me nodig zeggen: Ga niet meer naar de oude marmergroeve! Als we daar niet heen waren gegaan, wie had dan jouw dierbare Frau Doktor gevonden? Je wist waar ze was, je hebt haar bespied. Je houdt haar in de gaten. Geen stap kan ze zetten zonder dat jij weet waarheen. Je loopt als een hond in haar spoor. Geef toe: die onweersbui kwam als geroepen en je grootste angst was dat Hans Hartog haar

zou gaan zoeken. Toen hij bij Wassermann arriveerde ben je als een pijl uit de boog op weg gegaan. Haar ridder wil je zijn, haar kleuren wil je dragen en desnoods zoek je voor haar de dood. In je meest stoutmoedige fantasieën heb je haar beklommen en je kleine trillende lans in haar schede gestoten. Haar ridder! Je bent haar nar. Ze huivert als ze aan je denkt. Ze is je niet dankbaar. Integendeel. Wie wil bij een dwerg in het krijt staan?! Juist voor degene die haar vertrapte, kruipt ze. Ik heb het je voorspeld, maar je wilde me niet geloven. Je hebt je handen voor je ogen geslagen toen Anna het ziekenhuis verliet, ondersteund door Hans Hartog. Jij bracht haar binnen; hij haalde haar weg en nam haar mee naar Selva, haar been in het gips. Je herinnert je die voet, nat en gezwollen, die jij had willen kussen als haar dat niet zoveel pijn had gedaan. En het moment van opperste verrukking toen de bijna bezwijmende massa van Anna op jou leunde, fiere tinnen soldaat. Je vlijde haar neer op de harde achterbank van de postauto. Je dekte haar toe met je jas en, o zaligheid, voelde de zachtheid van haar borst. Daar ging ze nu, als beloning voor schuld, naar zijn huis. Ze verstootte jou en je kromp ineen tot de proporties die de jouwe zijn.

Wie wij het dichtstbij wensen zijn het verst weg. Er is geen warmte, er is geen wei, er is geen plek. Nergens. Daar zal je andere – geestelijker – favoriet nog wel achterkomen. Zij heeft haar coördinaten verlaten en verovert korte afstanden. Behoedzaam brengt zij haar kleine wereld in kaart. Als ze thuiskomt speelt ze, gehaast, alsof ze de tijd moet inhalen. Ook haar begluur je. Maar ik kan haar niet zien.

Ik voorvoel dat er iets te gebeuren staat, maar ik zwijg want ik weet dat mijn stem niet wordt gehoord. Door jaren en eeuwen heen stapelen de ervaringen van de gemeenschap zich op. De diepste lagen worden een amorfe massa: de dief en de diaken in het geslacht Graziani smelten daar ineen tot een legendarische figuur. In de hogere lagen zijn resten herkenbaar: de ruzie om een stuk grond tussen Zannoni en Spavento, Pandolfi's malversaties met gelden die hem als notaris waren toevertrouwd, het illegaal kappen van hout waarvan Cortesi werd verdacht. Alle geheime verhoudingen zinken weg in die humus, alle zonden van hebzucht en afgunst, alle achterdocht en ieder vooroordeel. Het is de zure voedingsbodem voor het gewas van het seizoen. Veel onkruid in losse grond. De dorpsgemeenschap is nu uiteengevallen in individuen die elkaar wantrouwen en haten. Er zijn er bij die tot mijn genoegen ervaren wat ik mijn leven lang heb moeten verdragen: voorwerp zijn van spot. Als ik nu naar Zannoni kijk, worden mijn herinneringen minder bitter.

Elke maand begeleidden soeur Ferdinanda en soeur Marie Agnès ons naar de biecht. Van Prada naar Chiavalle liepen wij, en terug. Soeur F. voorop. Geen kind liep uit de pas. Ik vreesde de nonnen. Zij waren de bruiden van Christus en hadden uit dien hoofde veel macht. Wij waren hun eerbied verschuldigd. Zij keken sereen. De status van hun roeping stelde hen vrij van rechtvaardigheid. Soms staken zij een witte hand uit om te liefkozen. Een hand als een dooie vis. Ik ontweek hen en haalde mij daarbij waarschijnlijk hun haat op de hals. Zij lieten mij aan mijn lot over wanneer ik geplaagd werd en zetten mij vooraan in de rij bij het biechten. Dat had nadelen. De eerste zondaar trof een frisse priester aan, die elke zonde luid en duidelijk wilde horen; de laatste kon zijn rijtje fluisterend afraffelen. Als ik in het halfduistere hok knielde, werd ik overmeesterd door schaamte en schuld. Met een handgebaar liet de pastoor mij beginnen en met een ongeduldiger gebaar maande hij mij luider te spreken. Ik probeerde het midden te vinden tussen verstaanbaarheid voor de priester en verstaanbaarheid voor de klas. Dat lukte nooit. Kwam ik transpirerend terug vanachter het zware gordijn dat de biechtstoel afsloot, dan zag ik de spottende blikken en de van lachen schokkende schouders.

Op weg terug naar school werd ik ingesloten door mijn kwelgeesten.

"Je bent je grootste zonde vergeten, Puccio," siste Cortesi.

"Ja, Puccio, je geheime zonde!" voegde Zannoni eraan toe. "Je grote geheime zonde, je nachtzonde."

"Waarom heb je die niet gebiecht? Nu geldt de absolutie niet. Ook niet voor de zonden die je wel gebiecht hebt."

"En je hebt nog een zonde verzwegen. Een doodzonde."

Ze wisselden vrolijke blikken. Ik probeerde hun stemmen niet te horen en repeteerde de tafels van dertien tot zevenentwintig.

"Diefstal, Puccio."

"Ja. Diefstal. Je hebt gestolen."

"Ik heb niet gestolen."

"Jawel. Ik had van mijn moeder geld meegekregen voor een mis. En nu is het kwijt. Dat heb jij gedaan."

"Dat is een doodzonde, Puccio. En heiligschennis."

"Nu krijgt de ziel van mijn grootmoeder geen rust."

"Dat heb ik niet gedaan!"

Cortesi en Zannoni stompten me in mijn zij.

"Welles."

De kinderen om ons heen gniffelden.

"Jullie liegen. Ik heb het niet gedaan. Ik heb het niet gedaan!" In paniek verhief ik mijn stem. Met grote stappen kwam soeur Ferdinanda naderbij. Haar schijnbaar weke witte hand sloot zich krachtig om mijn oor. Ze trok me uit de rij.

"Achteraan lopen en nablijven, Puccio. Het sacrament van de biecht is heilig. Jouw geschreeuw ontwijdt het."

Opgelucht om mijn bevrijding maar angstig om wat me te wachten stond, sloot ik aan achter aan de rij. Zo ging het vaker. Steeds bedachten ze nieuwe vernederingen. Zannoni. Cortesi. Conti. En al die anderen.

Je bezweert me voortdurend afstand te houden, maar hoe kan ik mij losmaken van wat me omgeeft en omsluit. Ik woon in dit dal en dagelijks zie ik Zannoni of een van de anderen. Dit is mijn lot. Ik wil het niet waardig dragen. Want mijn lot is onwaardig. Ik moet mij en mijn rechten verdedigen. Met mijn leven en dat van anderen. De dood, Daniele, zal mij eens genadig zijn. Deed het maar niet zo'n pijn. Zelfs als jij mij omklemd houdt, als jij me getemd houdt, als ik kalm ben, schrijnt nog die pijn. Alsof ik vanbinnen geschaafd of verbrand ben. Red mij. D.'

Een week na Anna's val waren de ruwe contouren van het Wassermann-beeld klaar. Uur na uur zat Hans Hartog voor het beeld, schaaf en mes en schuurpapier gereed. Telkens bewoog hij zich in de richting van het hout, dat bereid was zich prijs te geven; en telkens als hij met het gereedschap het hout naderde kroop de onzekerheid in het ijzer en in zijn handen en deed hij niets.

Hans Hartog was geneigd de oorzaak van zijn falen eerst buiten zichzelf te zoeken: zijn artistieke impotentie werd dus veroorzaakt door Anna. Zij lag in het ziekenhuis en de manier alleen al waarop zij in de kussens leunde of zich moeizaam optrok, was een verholen verwijt. Hij zag wat hij wilde zien maar wat er niet was. Hij verafschuwde de schuldgevoelens die zij in hem opriep en uit zijn houding sprak: 'Je wou het zelf, ik heb gewaarschuwd. Eigen schuld, dikke bult.' Maar het visioen van Anna op de berg achtervolgde hem. Er was maar één manier om van die obsessie af te komen. Hij besloot haar voorlopig bij zich te nemen.

Toen Anna op zijn voorstel bij hem op Selva geheel te genezen antwoordde: 'Dat is goed', was hij even sprakeloos. Had hij gehoopt dat zij zou weigeren en hem daarmee ontslaan van elke verplichting jegens haar? Hans schikte zich in het lot dat hij over zichzelf had afgeroepen. Maar in de verwachting dat het werk aan het Wassermann-beeld zou vorderen, werd hij teleurgesteld. Anna verlamde hem en was tegelijk onmisbaar, want zag hij haar groente schoonmaken of aardappelen schillen, dan vertederden hem de blonde haren die voor haar ogen vielen en die ze wegblies, en de getuite mond met rimpels eromheen in stervorm. Als ze zich bewust werd van haar houding ontspande ze snel haar lippen, omdat ze wist dat de rimpels lelijk waren en bleven.

Uren bracht hij door met het slijpen van het gereedschap. Hij ging zelfs de kale wanden en het houtwerk in het atelier schilderen. Alles moest als nieuw zijn, klaar om de verbeelding tot beeld te maken. Het was een manier om weer meester te worden over zijn leven. Maar Hans was kwetsbaar en de geur van terpentijn en verf riep zorgvuldig vergeten herinneringen op aan een woordeloos verleden en aan de nachtmerrie die erop volgde.

Hij gooide zijn kwasten neer en liep naar buiten. De zon scheen. Door het natte voorjaar waren het gras en de bloemen hoog opgeschoten. Boven de Pizzo Scalino hing een witte wolk. Er was weer regen voorspeld. Anna Arents zat in een rieten stoel tegen de ruwstenen muur van het huis, haar gipsbeen op een bankje. Toen ze hem hoorde komen keek ze hem aan met een hulpeloze en verontschuldigende blik. Hans wilde dat ze nooit meer wegging. Ze hield haar hand boven haar ogen, tegen de zon.

'Gaat het niet?' vroeg ze.

'Hoezo niet?'

'Je loopt steeds weg van je werk, alsof je niet wilt of niet kunt.'

'Het gaat best.'

Het liefst was hij nu tekeer gegaan. Brullen als een leeuw, als een gek de helling achter het huis bestormen, twintig maal opdrukken, schaduwboksen, dat hielp. Hout hakken, ook een uitstekend middel om agressie te botvieren, beval hij zichzelf nooit aan in die stemming. Hij vreesde in een moeite door zijn levenswerk aan spaanders te slaan en zo ver ging zijn vernietigingsdrang niet. Al die solitaire oplossingen waren met Anna als toeschouwer onmogelijk. Hij zuchtte, legde zijn handen in zijn nek en rekte zich uit. Wat voor nut had werken nog zolang zijn afzetmogelijkheden beperkt waren. Hij moest de boer op.

'Ik stoor je,' zei Anna constaterend.

'Wat zeg je?'

'Ik ben te veel. Omdat ik er ben kun je niet goed werken.' Hij ging naast haar op de grond zitten.

'Misschien.' Hij haalde zijn schouders op.

'Niet lang meer.' Anna's stem was nauwelijks hoorbaar. Hans reageerde niet.

'Zodra Thomas het goed vindt, ga ik naar huis,' zei Anna.

Een dergelijke capitulatie had Hans niet verwacht. Ik lijk verdomme wel gek, dacht hij, als ze blijft is het niet goed, als ze weggaat is het niet goed. Wat wil ik?

'Je hoeft niet weg,' zei hij stug.

Ze keek hem lang aan. Zocht naar woorden.

'Luister, Hans... Toen je mij op de berg aan mijn lot overliet, begreep ik de boodschap heel goed. Toen je mij vroeg hier te komen, begreep ik dat ook nog. Zelfs ik ben in staat te begrijpen dat je tegenstrijdige gevoelens voor me koestert. Dat er verborgen frustraties en rancunes zijn. Maar zeg het me verdomme! Ik kan die verwijtende blikken van jou niet meer uitstaan en ik haat de manier waarop je lichamelijk probeert goed te maken wat geestelijk ontbreekt. Ik ben te oud om liefde te verwachten. Maar je bent me wel enige oprechtheid verschuldigd. Het enige dat ik je kan zeggen is dat ik je zo kort mogelijk tot last zal zijn. En dat ik van je hou. Punt.' Als ze weg had kunnen lopen was ze op hoge poten naar binnen gegaan en had ze de deur achter zich dichtgesmeten. Nu bleef ze verbeten voor zich uit staren. 'Klootzak,' zei ze na een korte pauze.

Hans hoorde dat ze haar neus ophaalde. Hij was de controle kwijt, alles ging mis. En nu dit weer. Hij stond op en liep met grote stappen naar zijn werkplaats. Hij greep de bijl en liet hem met volle kracht neerkomen op het

Wassermann-beeld dat zijn geheim voorgoed verspilde in twee vormloze stukken hout. Hij sloeg nog eens en nog eens. En nog eens.

Met de resten van het beeld liep hij naar buiten. Anna zat nog precies zoals hij haar had verlaten. Ze keek pas op toen hij de openhaardblokken aan haar voeten wierp.

'Dit zijn mijn frustraties en mijn rancunes.' Vervolgens deed Hans wat Anna was onthouden: hij liep naar binnen en sloeg de deur achter zich dicht. De wolk had zich losgemaakt van de Pizzo Scalino en was voor de zon geschoven. Anna rilde. Wanneer kon ze naar huis?

Toen hij een fout maakte in de medicatie van een hartpatiënt die stokoud was en sowieso beter af in het graf, wist Thomas Wassermann dat er iets niet in orde was. Het was niet de fout maar de oorzaak ervan die hem zorgen baarde. Kennelijk was het membraan dat de compartimenten in zijn geest gescheiden hield, defect geraakt. Tot nu toe had hij zijn werk als mecanicien van het menselijk organisme foutloos uitgevoerd, terwijl hij in gedachten bij Nicole was. De druk in die laatste kamer was toegenomen en had de scheidingswand beschadigd. De schade moest hersteld worden en de druk verminderd. Immaculata had de dokter nog nooit zo geschokt gezien na de dood van een bejaarde patiënt. Wassermann besloot vrij te nemen.

'Mijn middagprogramma gaat niet door,' zei hij tegen Immaculata. De non trok de wenkbrauwen op.

'U gaat natuurlijk naar de familie Plozza,' zei ze, veronderstellend dat hij een condoleancebezoek ging afleggen.

'Nee.' Wat hij wel ging doen, vertelde hij haar niet. Hij wist het zelf niet.

'Bent u bereikbaar?'

'Nee.'

Immaculata keek misprijzend en was buitensporig nieuwsgierig. Het gebrek aan gebeurtenissen in haar eigen, vrome bestaan had zij gecompenseerd met een uitbundige en soms onkuise fantasie, die zij graag losliet op het geheimzinnige leven van dokter Wassermann. Een moreel oordeel, al dan niet uitgesproken, entte zij meer op de fictie dan op de werkelijkheid.

Uit de ziekenhuisgarage haalde Wassermann zijn motor, een zware Harley Davidson die hij al jaren bezat en die eens zijn trots en glorie was geweest. Nu reed hij er alleen op als hij een ingewikkeld probleem moest oplossen. Hij nam de oude weg naar het Noorden. Sinds de nieuwe weg over de Bernina in gebruik was genomen, kwam er alleen nog bestemmingsverkeer. Het was stil en het wegdek was slecht onderhouden. Drie keer kruiste de weg de woest stromende rivier. De houten bruggen zagen er wankel uit; Wassermann gaf vol gas om de planken zo kort mogelijk te belasten. Het regende licht en hij werd nat. Na Angeli Custodi, waar het lawaai van zijn motor echode in de smalle lege straten, eindigde de weg abrupt in een karrespoor dat tussen de bomen verdween. Thomas Wassermann zette de motor aan de kant, veegde het water van zijn gezicht en begon coherent na te denken.

Zijn 'behandeling' van Nicoles agorafobie was succesvol. Ze werd beter. Langzaam maar zeker. Misschien zou ze nooit helemaal genezen, maar voldoende om zelfstandig te zijn. Haar spel werd kleurrijker, haar talent rijper. Een bron van verbazing en geluk voor haarzelf. Er gingen deuren open die gesloten waren geweest. Voorlopig vond ze daar vreugde. Maar ze zou er ook verdriet kunnen vinden, en twijfel en bedrog en afgunst. Ze zou het leven leren kennen en haar onschuld verliezen. Zijn verlangens waren tegenstrijdig. Zolang ze ziek was kon hij haar beschermen. Hij moest haar beter maken, omdat hij had gezworen zieken te genezen. Was ze beter, dan had ze hem niet meer nodig. In geen enkel opzicht. Niet als arts en niet als man. De angst haar te verliezen werd groter; de druk nam toe. Hij kon zijn werk niet meer goed doen. Hij was ziek. Niet zij was afhankelijk van hem; hij was afhankelijk van haar. Het was een *Umwertung aller Werte*. Daaraan moest hij zich aanpassen. Of niet. Was er een keuze? Nee, hij had geen keuze. Zij moest hem kiezen.

Hij liep het karrespoor op. De nieuwe weg op betonnen pilaren ontsnapte hoog boven zijn hoofd aan het dal, dat hier een doodlopende kloof was. Er waren geen weiden meer. Sparrenbossen onderstreepten de duisternis van de regenachtige middag. Hier en daar hadden grote rotsblokken gaten geslagen. Een steenlawine had een spoor getrokken: kale stammen stonden als wrakhout overeind tussen het puin. Het was een streng en ontoegankelijk oord. Thomas Wassermann stond zichzelf een korte aanval van wanhoop toe. Het probleem was geformuleerd, de oplossing geschetst, maar de uitkomst bleef onzeker. Zij zou de wereld ontdekken. Ze was te jong om lang consideratie te hebben met hem. Dat zijn liefde evenzeer aan de oude situatie was gebonden en kans liep te vervliegen zodra Nicole zich verpopt had, kwam niet in hem op.

Aan het eind van het karrespoor gekomen zag hij een klein oud huis op een open plek staan, het huis van een patiënte. Het zou aardig zijn als hij even langsging, een geringe compensatie voor zijn medische fout. Martha Monigatti had hem aan zien komen en deed de deur wijd open. Om haar vierkante, korte gestalte sloeg ze een brede, zwarte sjaal. Van ver af riep ze hem toe. Haar stem was onverwacht krachtig voor een vrouw van haar leeftijd, haar toon hartelijk.

'Dokter Wassermann. Wat aardig dat u me op komt zoeken. Ik heb u in geen eeuwigheid gezien. Als u nog even had gewacht, had u me ook pas in de eeuwigheid weer gezien.' Ze leek op een goede heks die kruiden en heilzame spreuken kent. Maar Martha Monigatti had weinig op met alternatieve geneeswijzen – al zwoer ze bij de medicinale werking van berghoning – en stelde haar vertrouwen in de traditionele kunst van Wassermann. Hij had een aantal wonderen aan haar verricht, maar hij hield vol dat haar liefde voor het leven, haar taaie volharding en haar ongebroken gevoel voor humor de belangrijkste oorzaken van haar genezing waren.

'Martha, ik heb je schandelijk verwaarloosd, maar je bent geen moment uit mijn gedachten geweest.' Hij pakte allebei haar handen, die ze naar hem uitgestrekt hield. Martha straalde zoveel goedheid uit dat verlegenheid of stugheid als sneeuw voor de zon verdwenen.

'Kom binnen, dokter, en drink iets. U ziet er slecht uit. En u bent nat. Het regent nog steeds. Wat een weer. Het is verschrikkelijk.' Mopperend over het slechte voorjaar ging ze hem voor naar een kleine kamer, die volgepropt stond met buitenmodel kasten en tafels waarop talloze foto's in lijstjes stonden. Ze haalde een fles grappa en een glaasje te voorschijn en schonk in. Daarna ging ze tegenover Wassermann zitten en keek met een brede glimlach toe hoe hij een slok nam.

'Hoe is het met je, Martha?'

'Goed, dokter. Geen centje pijn.'

'Je reuma? Is het uit te houden met dit vochtige weer?'

Ze verborg haastig haar dikke knokkels in haar schoot.

'Dat gaat best.'

'Je moet me laten roepen, hoor, als het niet gaat. We vinden er wel wat op.'

'O, maar het gaat heel best, dokter.'

'In Chur hebben ze een nieuwe therapie ontwikkeld.'

'Mij krijgt u het dal niet uit. Ik heb niet zo lang meer te gaan. En als ik ga, is het hier.' Ze was haar hele leven de pas niet over geweest. Dit dal is mijn huid, had ze eens gezegd, een andere plek past me niet.

'Hoe is het met de kinderen en de kleinkinderen?' vroeg Wassermann na een korte stilte. 'Komen ze nog weleens?'

'Zelden, dokter. Ze hebben het druk. En de tijd in Zürich gaat sneller dan hier. Voor ze het weten is er weer een half-jaar voorbij. En dat halve jaar duurt voor mij zes hele maanden. Ach, zo gaat het. Ik mag niet klagen.'

Martha's blik liet Wassermann niet los. Ze volgde elke beweging die hij maakte, ze registreerde elke gelaatsuitdrukking. Ook als er een stilte viel in het gesprek. Juist dan. Wassermann dronk het glaasje leeg. Martha hield de fles al gereed om nog eens in te schenken, maar hij weerde af.

'Nee, dank je wel, Martha. Eén is genoeg.'

Hij aarzelde. Wat voor reden had hij nog om te blijven? Waarom was hij gekomen?

'Nou moet u me eens vertellen, dokter.' Er blonk een slim lichtje in de oude ogen. 'U bent hier niet zomaar gekomen om te kijken hoe het met Martha gaat.'

'Hoe kom je daarbij?'

'U bent nog nooit ongeroepen hier gekomen. En dat is ook logisch. U hebt het veel te druk om uw patiënten na te lopen als ze allang beter zijn. Er moet een andere reden zijn. Zeg het maar tegen een oude vrouw. Kan ik u eindelijk eens ergens mee helpen?'

Thomas Wassermann zuchtte. Hoe zou Martha Monigatti hem kunnen helpen? Reikten haar eenvoud en wijsheid ver genoeg om de kronkelwegen van zijn geest te volgen?

'Nee, Martha. Je kunt me niet helpen.'

Hij ontweek haar blik. Zonder te spreken zaten ze tegenover elkaar. Martha leunde met gekruiste armen op tafel en keek hem aan als een schoolkind dat aan de lippen van de geliefde meester hangt. Na enige tijd stond ze op en liep naar een chiffonnière in de hoek van de kamer. Ze bukte zich moeizaam en opende met haar kromgetrokken hand de onderste la. Ze nam er iets uit en legde het op tafel. Het was een rozerood geaderd, glad stuk marmer in de vorm van een kippeëi.

'Dit is een stuk marmer van de Sassalbo.' Ze knikte in de richting van de berg die met een rechte rotskam boven het stadje Chiavalle uittorende. 'Als jong meisje ben ik bijna tot de top geklommen met mijn broers. Het is een bijzondere berg. Dit soort steen vind je alleen daar. Ze hebben me verteld dat de Sassalbo, toen God deze hoek van de Alpen plooide, vanuit de diepere lagen omhoog is geduwd. Hij is een vreemde eend in de bijt. Het is net of het een kind met rood haar is in een zwarte familie. Ik hou van die berg. Dat klinkt gek, maar het is zo. Ik heb me ooit afgevraagd waarom. Die berg interesseert het niet wat je van hem vindt; die staat daar maar te zijn. Waarom zou jij dan om die berg geven? Antwoord krijg je niet op zo'n vraag. Zin en reden heeft het allemaal niet. Maar moet dat dan? U hoeft me niet te zeggen waarom u hier bent en waarom ik niet kan helpen. Ik stelde ook een onbeleefde vraag. Het gaat me niets aan. Ik vind u aardig, dokter Wassermann, en u heeft veel voor me gedaan. Daarom wil ik u dit stuk marmer graag geven. Later, als u hier allang weer weg bent, denkt u misschien nog eens aan me.' Ze schoof het marmeren ei naar hem toe en lachte breed. 'Kijk niet zo treurig. Neem het mee. Een ei heeft een volmaakte vorm. Het is het begin van nieuw leven. Wie weet brengt het geluk.'

Hij pakte het gladde, koele steen van tafel. Het was zwaarder dan hij dacht.

'Dank je wel, Martha.'

Het was een natuurlijk besluit van het bezoek; hij kon opstaan en weggaan zonder gevoel van schaamte of onvoltooidheid. Martha Monigatti stond in de deuropening en keek hem na tot hij om de bocht van het pad was verdwenen.

De grappa had hem verwarmd. De toekomst leek hem minder onzeker. Hij zou van Nicole houden zoals Martha van de berg hield. Zonder wederliefde te verwachten, zonder zin en reden. Eigenlijk was er voor hem niets veranderd. Het groeiproces dat Nicole doormaakte, had hem even van zijn à propos gebracht. Dat was al. Speelde ze niet Mozart voor hem? Er was hoop. Meer dan ooit.

De confrontatie tussen Pandolfi senior en junior kon niet uitblijven. Wekenlang hadden vader en zoon elkaar ontlopen, maar tijdens het jaarlijkse diner, dat op de verjaardag van de pater familias in Bar-Ristorante Venezia werd gehouden, kwam het tot een uitbarsting. In de grond was het een interne kwestie, maar het twistpunt-Millemorti dat het topje van de ijsberg vormde, gaf er een semi-openbaar karakter aan, tot genoegen van de dorpsgemeenschap. Niet alleen Isabella was getuige van de gebeurtenissen, maar ook Zannoni en andere gasten. Het is denkbaar dat een deel daarvan de familie Pandolfi volgde als de tros van het leger de troepen in de hoop op wapengekletter. En hoewel de dochters de conversatie monopoliseerden om de vijanden uiteen te houden, was aan het dessert de spanning te snijden. Toen hun favoriete zabaglione aan de vrouwen slechts verrukte zuchten ontlokte, hief Beniamino Pandolfi het glas en stelde voor op Millemorti te drinken. Dat was – geheel opzettelijk – voor tweeërlei uitleg vatbaar: een toost op de status-quo of op het project. In het eerste geval was de toost van de zoon een uitdaging, in het tweede geval sarcasme. Geen van beide was acceptabel voor de vader, die nog nooit een subversieve opmerking van zijn kinderen over zijn kant had laten gaan.

'Op hen die hun verantwoordelijkheid niet ontlopen,' antwoordde de vader.

'Op hen die onomkoopbaar zijn,' riposteerde de zoon. De blikken van de dochters en hun echtgenoten gingen van de een naar de ander.

'Op een toekomst voor de kinderen.'

'Op een toekomst überhaupt.'

'Op een nieuwe school.' De oude Pandolfi keek zijn zoon

strak aan; een kleine lach plooide zich rond zijn mondhoeken. De dochters hielden de adem in. Hier werd een gevoelige snaar geraakt. Als de vader een nieuwe school stichtte, werd die door de welhaast onbegrensde financiële macht van het triumviraat een geduchte concurrent voor de bestaande, waarvan de zoon het hoofd was. Het perspectief was niet aanlokkelijk voor Beniamino: geen school, geen werk, geen invloed.

'Op een vader zonder zoon,' zei Ben, en hij smeet het halfvolle glas op de stenen vloer. Isabella greep werktuiglijk naar de bezem. Aan alle tafels was het stil geworden. Pandolfi senior liep rood aan; Ben werd wasbleek. De zoon liep naar de smalle doorgang tussen restaurant en café, maar de vader versperde hem de weg. Hij maakte zich breder dan hij al was.

'Ga zitten. Niemand verlaat mijn tafel noch mijn familie zonder mijn toestemming.'

'Ik heb geen toestemming nodig.'

Hoe het kwam wist niemand later meer met zekerheid te zeggen; getuigenverklaringen spraken elkaar zoals gewoonlijk tegen. Sommigen zeiden dat de zoon duwde en dat de vader vervolgens wankelde, anderen zagen de vader al wankelen nog vóór de zoon hem aanraakte; die laatsten interpreteerden Bens gebaar als een poging de vader voor een val te behoeden. Hoe dan ook, Pandolfi viel met een denderende klap tegen de dichtstbij staande tafel, waar juist de maaltijd was geserveerd. De zoon – en dat pleit tegen de tweede verklaring – zag zijn vluchtweg vrij en begaf zich naar de uitgang. Met verwonderlijke snelheid kwam de oude dikzak overeind en zette, besmeurd met wijn, saus en spaghetti, de achtervolging in. De verbouwereerde gasten lieten een gat vallen achter de strijdende partijen voor zij als één man opstonden om zich naar het pleintje te spoeden, waar zich het tweede bedrijf afspeelde. Op het kleine parkeerterrein was de zoon juist in zijn auto gestapt. Hij gaf gas en stak blindelings achteruit, precies op het moment dat de vader als een kwaaie stier kwam aanstormen om hem achter het stuur vandaan te sleuren. De klap was opnieuw verschrikkelijk. Men vreesde voor het tere koetswerk van de kleine Japanner. Pandolfi schudde de bebloede kop en greep de kruk van het portier. De zoon drukte snel het knopje naar beneden, en gaf volle kracht vooruit. Even holde de vader potsierlijk mee, maar enkele meters verder moest hij loslaten. Hij viel in een plas water en hief zijn vuist tegen de verdwijnende achterlichten.

Dochters en schoonzoons schoten toe. Ze loodsten de vader voorzichtig Venezia in, waar de chaos compleet was. Overal lagen scherven en resten voedsel.

'Breng hem maar naar boven,' riep Isabella, 'en laat iemand de dokter bellen.'

Voor Wassermann gealarmeerd kon worden, bood drogist Graziani zijn diensten aan met zijn EHBO-tas. Vanuit zijn zitkamer boven de winkel schuin tegenover het restaurant had hij de scène met de auto gezien en hij was toegesneld om zijn strijdmakker te helpen. Graziani had slechts minachting voor het gesloten gilde der medici, die lang niet zoveel praktische kennis bezaten van de huis-, tuin- en keukenkwalen als hij, maar wel veel beter werden betaald voor hun medische handelingen. Het air van arts mat hij zich daarentegen graag aan. Gewichtig schoof hij de haag van breedheupige dochters opzij om bij de patiënt te geraken, die op Isabella's bed lag. Terwijl hij de hoofdwond inspecteerde en om lauw water en schone doeken vroeg, drong het met een plotselinge warme schok tot hem door dat hij Haar lakens aanraakte. Even had hij moeite met de zich opdringende beelden, maar hij kreeg zichzelf snel in de hand. Hij liet zich uitgebreid over de toedracht van het gebeurde voorlichten door de dochters, die door jarenlange gewenning een vergoelijkende toon aansloegen als zij over hun broertje spraken. Pandolfi senior zette de rijzende misverstanden recht door te stellen dat zijn zoon de hand tegen de vader had opgeheven, daarmee niet alleen zijn geboorterecht verbeurd verklarend maar ook zijn recht nog langer in vrede in deze streek te wonen, laat staan de kinderen van brave, oppassende burgers te onderwijzen. 'Ik verban hem en laat niemand, maar dan ook niemand het in zijn hoofd halen hem onderdak te bieden of gastvrijheid te verlenen! Hij is besmet. Melaats.'

Graziani waste de wond. Isabella reikte de doeken aan.

'Valt het mee?' vroeg Pandolfi met een van pijn vertrokken gezicht.

'Het moet gehecht worden,' zei de drogist. 'Ben je niet misselijk? Heb je verder nergens pijn?'

'Alleen hier, vanbinnen. De wond in mijn ziel.' Hij sloeg op zijn borst. Het half-berekende pathos en het breken van de stem deden het nog altijd goed in het afgelegen dal. De dochters hadden tranen in de ogen. Graziani beet op zijn onderlip. Isabella glimlachte. Pandolfi verhief zich met moeite op zijn elleboog als om het uiterste uit zijn sterfscène te halen, maar een van zijn monumentale dochters sloeg ongewild krachtig zijn elleboog onder hem uit, zodat hij weer neerviel in Isabella's zachte, zalmroze lakens.

'Blijf nou liggen, vader. Ben krijgt er spijt van. Hij zal wel om vergiffenis komen vragen.'

'Dat nooit,' zei Pandolfi beslist.

Graziani, die almaar geknield voor het bed lag en met volle teugen het aroma van de kamer inhaleerde, bedacht dat deze lafhartige daad van de zoon meer mensen voor het project-Millemorti zou winnen. Wie zou niet met de vader meeleven in het uur van diens beproeving en hem alles geven wat zijn leed kon verzachten?

Intussen was beneden in het café een van de schoonzoons, die graag bij de vader in een goed blaadje stond vanwege dreigende financiële problemen, bezig uit zwagers en andere mannenbroeders een knokploegje samen te stellen.

Als Ben niet horen wilde moest hij maar voelen. Het hek was van de dam. Het geduld was op. De kruik gaat zo lang te water tot hij barst. Er werden heel wat opruiende clichés van stal gehaald om een krijgshaftige stemming te kweken, die hen naar buiten dreef, belust op prooi. In de deuropening drongen zij Thomas Wassermann opzij. Die keek hen verbaasd na. In het café zag hij Zannoni en Daniele Puccio zitten. De voeten van de kleine man hingen een decimeter boven de grond.

'Waar is hij?'

'Boven,' zei Zannoni. Hij wachtte tot de dokter achter de deur met 'Privé' erop was verdwenen en wendde zich toen weer tot Daniele Puccio. 'Wat zei je, Daniele?'

'Heb je al gezien dat de vele regen van dit voorjaar gevaar oplevert? De kale helling onder de Varuna kan het water niet verwerken, de beken treden buiten hun bedding, de regen op de gletsjer veroorzaakt breuken en spleten, waarin waterreservoirs gevormd kunnen worden die plotseling doorbreken. Hier en daar raken aardlagen los. Er zijn kleine steenlawines geweest. Privilasco loopt gevaar. En wie weet waar de natuur nog toeslaat.' De belerende, hoge, helder articulerende stem irriteerde Zannoni.

'Ja, ja, we houden het in de gaten. Brandweer en bulldozers zijn paraat.' Om van Puccio af te zijn, stond de burgemeester op en liep naar buiten. Straks, als iedereen weg was en Pandolfi was afgevoerd, kwam hij wel weer terug.

Daniele Puccio bleef lange tijd als uit steen gehouwen aan tafel zitten, de handen stil voor zich op het geblokte tafelkleed. Toen liet hij zich van zijn stoel afglijden en verdween door de deur die Zannoni achter zich open had laten staan. Hij hoorde nog net: 'Die dwerg is zeker in de kerk geboren.'

Dezelfde nacht kreeg Pandolfi een hartaanval, die hij volgens Wassermann ook wel gekregen zou hebben zonder interventie van zijn zoon. Omdat die voor de hand liggende verklaring niet dramatisch was, geloofde de bevolking dat het verdriet om het verraad van de zoon het hart van de vader had gebroken. Het hardnekkige gerucht van zijn dood paste prachtig in het verhaal en vond gretig aftrek, maar moest heftig worden ontkend door de dochters. Men gaf de fictie node op, zodat het bericht 'Hij leeft' enigszins teleurgesteld klonk.

Graziani was de held van de dag. Hij had het ongeval gezien, eerste hulp geboden en de dokter geassisteerd. Plotseling had half Chiavalle zemelen nodig en de drogist grapte dat de nieuwe waterzuiveringsinstallatie niet was gebouwd op de verwerking van massale diarree. Zelfs de politie kwam zijn getuigenis opnemen, hoewel het bekend was dat hij op gespannen voet stond met de waarheid.

De publieke opinie sprak schande van de zoon. 'Kruisigt hem' klonk het, maar niemand wist dat de jonge Pandolfi al op bed lag met een blauw oog, een lichte hersenschudding en een gekneusde arm, het resultaat van de broederlijke strafexpeditie. Dat nieuws werd slechts een select socialistisch publiek bekend gemaakt. Hoewel Gelosi erop aandrong de kalmte te bewaren en het geweld niet te doen escaleren, schoot zijn overredingskracht tekort. Er werden ruiten ingegooid bij een paar zwagers en leuzen op blinde muren geklad. Dat maakte pas goed de woede van de dorpelingen los. Beniamino's vrienden kenden de manie van hun landgenoten inzake properheid en hadden daarom ook doen voorkomen of de leuzen afkomstig waren van de project-fractie. Iedereen was boos, maar niemand wist op wie. Binnen twee dagen hadden de *carabinieri* meer werk dan in de tien hele jaren voor de fatale gebeurtenissen. Niemand lette meer op Privilasco.

Hoofdstuk 6

'De tijd buigt de ruimte,' zei Thomas Wassermann. Hij legde de relativiteitstheorie uit, voornamelijk aan Anna. Nicole, voor het eerst op bezoek in een vreemd huis, had al haar geestkracht nodig om de demonen op afstand te houden. Hans had een innerlijke weerstand tegen de burgerlijke visite van echtparen over en weer en hij miste het schaken; hij deed of hij niet luisterde en maakte schetsen. De conversatie was Anna's element. Via haar gewaarwordingen van de langzame bewegingen in het gesteente, die ze illustreerde met een geïmproviseerde vertaling van het gedicht 'Tijd' van Vasalis ('Ich träumte dasz ich langsam lebte, langsamer als der alteste Stein; es war schrecklich: um mich herum schosz alles auf, stoszte und bebte was still scheint'), belandde ze bij de theorieën over het ontstaan en de afmeting van het heelal. Anna kreeg nooit genoeg van hemelomspannende conversaties.

'Waarom gebruik je tijd eigenlijk als handelend subject en ruimte als object?' vroeg ze. 'Is er een beeld te bedenken waarbij de ruimte actief en de tijd passief is? Met andere woorden: wat doet ruimte met tijd?'

'Ruimte is nodig om tijd te meten. Tijd is een variabele dank zij de snelheid van het licht. Dat is een vastgestelde grens en daarom bruikbaar.'

'Tijd is dus alleen meetbaar aan ruimte. Dan is tijd een afgeleide, en ruimte primair.'

'Je ziet tijd als afgeleide omdat je geleerd hebt in drie dimensies te denken,' antwoordde Thomas. 'Ik ben ervan overtuigd dat de vierde dimensie vertrouwder zal worden naarmate de kennis ervan langer onder ons is. Voorlopig behelpen we ons met manke vergelijkingen. Maar dat is een normale gang van zaken, ook in de wetenschap.'

Thomas Wassermann wilde het gesprek met Anna beëindigen en wendde zich naar Nicole.

'Denk jij dat wij in een primitief ontwikkelingsstadium verkeren?' vroeg Anna verder.

'Het bewijs daarvan wordt dagelijks gegeven.'

'En je gelooft in de vooruitgang.'

'Nee.'

'Waarom heb je het dan over een primitief stadium? Dat impliceert een ontwikkeling.'

'Ik heb het woord niet genoemd, maar jij.'

'Jij hebt je niet tegen de term verzet.'

'Ontwikkeling is niet per definitie vooruitgang. Het is voortgaan. Vooruitgaan is een relatief begrip: er is een norm en een doel.'

'Wat is geschiedenis dan voor jou?'

'Voortgaan.'

'Maar je kunt toch niet volhouden dat er geen vooruitgang is geboekt in de geschiedenis?'

'Dat ontken ik niet.'

'Nou dan.'

'Nou niks. Het is een kwestie van techniek. De mens zelf is niet of nauwelijks veranderd.'

Het was even stil. Hans trachtte onopvallend Nicole te schetsen zoals ze daar zat, onzeker maar trots, bang maar aandoenlijk. Wassermann zweeg, maar leek voortdurend op het punt iets te zeggen tegen Nicole.

Anna zei: 'Vreemd toch, nu er grenzen zijn gesteld aan ruimte en tijd, en God dood is, kan ik mij nog steeds geen voorstelling maken van het heelal. Dat het licht van de sterren ons pas bereikt als de ster niet meer bestaat is ongelooflijk. Die ster is en is niet.'

'Zoals wij,' zei Nicole.
'Zullen we een partijtje schaken?' vroeg Hans.

De avond duurde lang voor de inwoners van het gehucht Privilasco. Hun huizen lagen onder aan de kale bergplooi waarin de beek Varuna de regen en het smeltwater van de gelijknamige gletsjer afvoerde. Lawinegevaar was zomer en winter aanwezig. De steile helling was geheel ontbost, resultaat van eeuwenlang kappen, de bodem was geërodeerd en de zuigkracht van de grond sterk afgenomen. Er was weinig aan te doen. Voor herbebossing was het te laat. De regelmatig voorkomende kleine lawines zouden de jonge boompjes ontwortelen. Klimatologische factoren hadden grote invloed op de omvang van de rampen. En dit voorjaar was nat geweest, natter dan ooit. Er was boven op de helling een kleine aardverschuiving gezien. Het teken was niet mis te verstaan. Wie weet ontstond er een barrage in de beek, of kon de losse, weke grond het gewicht dat vanboven drukte niet dragen en zou de hele massa gaan schuiven. Maar misschien kwam het gevaar van een heel andere kant.

Het bleef regenen. De vrouwen hadden vluchtkoffers klaargezet. Aan de rand van het dorp stonden mannen met nachtkijkers en zenders. Ze hadden niet de illusie preventief op te kunnen treden, maar wel zou een tijdige waarschuwing een evacuatie op gang brengen waardoor levens gered konden worden. Ook konden de bulldozers en de sneeuwschuivers de loop van een lawine verleggen, mits de aardmassa een geringe snelheid had en niet al te groot was. De groeiende zekerheid dat er iets stond te gebeuren en de onvoorspelbaarheid van het effect maakten de mannen nerveus en rusteloos. De berghelling rees roerloos op. De toppen werden aan het oog onttrokken door nevels. Er was niets dan aarde en rots. Overal om hen heen. En duisternis, die alleen door de infraroodkijkers werd doorboord.

Gevoel voor afstand ging verloren. De berg zat op het netvlies.

'Die lijn, die breuk, heb ik niet eerder gezien.'
 'Komt daar een stuk steen in beweging?'
 'Waar?'
 'Daar. Net onder de kamelerots, onder de linkerbult, waar de beek een bocht maakt.'
 'Waar Leopardi een koe is kwijtgeraakt.'
 'Daar weet ik niks van.'
 'Voor jouw tijd. Je was nog niet geboren.'
 'Nee, dat is geen scheur. Het is een schaduw.'
 'Het kan geen schaduw zijn. Er is geen maan.'
 'Het moet een scheur zijn.'
 'Meet hoe groot hij is.'
 'En dan?'
 'Dan kijk je straks weer en meet de scheur opnieuw.'

'Daar hoog op de helling, waar die ene boom staat, je weet wel.'
 'Ja?'
 'Stond die boom altijd zo scheef?'
 'Ja, die staat scheef.'
 'Staat die altijd zó scheef?'
 'Ja, altijd.'
 'Volgens mij niet. Volgens mij staat hij schever.'

'Ik wou dat er iets gebeurde. Wachten is erger dan...'
 'Dan wat? Zolang er niets gebeurt, zijn we veilig. Of heb je liever de zekerheid van een verwoest huis.'
 'Nee, maar als het toch moet gebeuren, dan maar meteen.'
 'Wie weet wordt het morgen snikheet en staat de zon voor de rest van de zomer te branden op onze kruin.'
 'Ik teken ervoor.'

'Dan zul jij weer mopperen op de droogte.'
'Mopperen? Ik mopper niet. Ik wou alleen dat er wat gebeurde. Van dit wachten krijg ik de zenuwen.'
'Ik krijg de zenuwen van jou.'

'Meet die scheur nog eens.'
'Niks veranderd.'
'Het is geen scheur.'

'Hoorde je dat?'
'Wat?'
'Die plof, alsof er een kurk van een fles ging.'
'Ik hoor niets. De rivier overstemt alles.'
'Nou hoor ik het weer.'
'Ik ook.'
'Vanwaar kwam het?'
'Van heel hoog. Ergens in die verdomde mist.'

Toen ze de lawine hoorden en voelden komen, was er weinig tijd meer. Om 22.30 uur brak de gletsjer open en braakte een meer van water uit, dat in een geheim cistern onder het ijs gedurende jaren en jaren was verzameld en dat door de voortdurende regen en de hoge temperaturen van het voorjaar tot onhoudbare omvang was gegroeid. Het geluid echode als een donderslag en rolde voort en hield niet op; door de luchtverplaatsing ging aan de watermassa een windstoot vooraf, waaronder de bomen diep doorbogen en de bladeren ritselden en ruisten. Miljoenen liters spoelden naar beneden naar de overvolle bedding van de rivier en sleepten rotsen en aarde met zich mee. De accidentatie van het terrein vertraagde de snelheid, maar de massa was niet te stuiten of af te buigen. Brandweer en politie werden gewaarschuwd. De inwoners van Privilasco vluchtten naar San Carlo, dat tegen de lawines van de Varuna beschut lag. De rotsblokken rolden tegen de eerste brug over de Chiavallino en hielden het water tegen. Daarachter ontstond een stuwmeer.

'Bel Zannoni,' zei de politieagent tegen de commandant van de vrijwillige brandweer die in het dagelijks leven boekhouder was bij de Rhätische Bahn. De hoogste chef werd geacht in persoon het rampenplan te coördineren.

'Bel Zannoni,' zei de brandweercommandant tegen zijn reservecommandant, die banketbakker was van zijn vak en ook de jeugd van de gymnastiekclub trainde. De banketbakker belde Zannoni.

'Hij is op het gemeentehuis,' zei mevrouw Zannoni verbaasd. 'Waar belt u vandaan?'

'Van het gemeentehuis,' zei de snuggere bakker. 'En die lawine is er maar Zannoni niet.'

'Ik kom eraan,' zei mevrouw, die de zaak niet vertrouwde.

De commandant gaf de bakker een uitbrander. Hij belde haastig Isabella, maar er werd niet opgenomen. Voor hij het wist stond mevrouw Zannoni voor zijn neus en eiste dat hij het hele dorp afzocht naar haar man. 'Een schande!' riep zij uit. 'Onbereikbaar zijn als burgemeester in het uur van nood! En liegen! Tegen mij! Waar is hij?'

De aanwezigheid van Zannoni was zo dringend noodzakelijk dat de commandant zich ontslagen achtte van zijn plicht tot koestering van het publieke geheim, en hij ging mevrouw voor naar Venezia. Inmiddels waren de dorpelingen die vlak bij de rivier woonden bezig hun huizen te verlaten. Ook Isabella's restaurant lag in de gevarenzone, maar er was geen teken van activiteit achter de ramen van het – gesloten – restaurant. Als de situatie niet zo ernstig was, had de scène beslist iets komisch: omgeven door bezorgde maar ook nieuwsgierige buren en passanten, die zichzelf haastig in veiligheid brachten, stonden de commandant en de furieuze mevrouw Zannoni voor Venezia en riepen in

koor 'Zannoni!' 'Zannoni!' Het gordijn bij Graziani werd opzijgeschoven en de grijze coiffure van de drogist werd zichtbaar. Hij prepareerde zijn EHBO-tas, want hij voorzag gewonden. Het licht in het restaurant ging aan, de schuif ging van de deur. Zannoni, geheel gekleed maar verfomfaaid, kreeg grote ogen van schrik toen hij zijn vrouw zag staan en wilde in een reflex de deur sluiten. De commandant hield dat tegen.
'De lawine.'
Zannoni vloekte maar verzaakte zijn plicht niet. Hij was misschien niet de beste burgemeester en geen kerel uit één stuk, maar in geval van nood kon men op hem rekenen. Vreemd genoeg constateerde hij bij zichzelf enige opluchting: dat zijn vrouw het wist, maakte alles een stuk gemakkelijker. Geheimzinnigheid en leugens behoorden tot het verleden. Nu begon de strijd met open vizier. En deze slag was hem! Hij zette zijn kijvende echtgenote ('Leugenaar! Lafaard! Hoerenloper! Viezerik!') zonder woorden opzij en haastte zich naar zijn commandopost.
Isabella deed het raam open en leunde naar buiten. Haar negligé benam Graziani de adem. Mevrouw Zannoni stond happend als een vis midden op het pleintje, terwijl de mensen langs haar heen renden. Ze wilde haar tirade tegen haar rivale voortzetten, maar Isabella lachte vriendelijk en zei voor ze het raam sloot: 'U mag hem weer hebben, hoor!'

De huizen van Privilasco werden gespaard, maar Chiavalle kreeg de volle laag te verwerken. De dam bij de brug hield het niet. Eerst kwam de vloedgolf. Een muur van water buitelde door de straten. Sissend en smakkend en rommelend en gorgelend stroomde modder de kelders in, het borrelde omhoog uit de putten, het drong tussen dorpels en deuren door naar binnen. Tapijten begonnen te drijven: het donkere water omspoelde de enkels van stoelen en steeg. Snuisterijen dreven rond. In het hele dorp viel het licht uit toen een hoofdschakelaar van het elektriciteitsbedrijf sluiting maakte; in het ziekenhuis ging men over op het noodaggregaat. In de tuinen stonden de bonestaken als fuiken boven het wateroppervlak totdat ze afknapten onder het geweld van de stenen en rotsblokken die het water volgden en die men wel hoorde maar door de middeleeuwse duisternis niet meer zag aankomen. Het was een ravage. Het dreigende dreunen in het donker weerklonk nog lang in de dromen van de mensen. Een enkeling, zoals Isabella, had zijn huis niet tijdig verlaten en moest op de zolder wachten tot er redding kwam. Venezia kreeg anderhalve meter modder te verwerken, de drogisterij van Graziani, Anna's huis en het palazzo van Wassermann elk een meter. De rivier was zo breed geworden als het halve dorp. De straten en de pleinen in het centrum waren onbegaanbaar. De berg had zich broksgewijs vermengd met het dal. Chiavalle was een eindmorene.

'Schaak,' zei Hans. Wassermann was niet met zijn gedachten bij het spel. Hij werd afgeleid door Nicoles onwennige aanwezigheid in een vreemde omgeving. Het was alsof hij haar voor het eerst zag. Eindelijk had ze zich losgemaakt van het decor waarin zij na zoveel jaar vrijwel was opgegaan als vrouwen op portretten van Klimt, en nu zat zij daar tegenover Anna bij de brandende open haard als een driedimensionaal wezen. Ze praatte over muziek. En zei dat praten haar minder goed afging dan spelen. Anna gaf haar complimenten en hoorde haar uit, nieuwsgierig maar ook aardig. Nicole lachte. Hardop soms. Te luid?

Zo zal het voortaan zijn, dacht hij, zo vreemd zal zij zijn, zo onaanraakbaar. In elke nieuwe omgeving zal ik mij haar eigen moeten maken. Het vooruitzicht benauwde hem. Wat voor leven zou zij gaan leiden buiten de bekende grenzen van zijn geest en zijn huis? Kon hij haar volgen waar zij zou gaan? Zou hij haar voorgaan? Hij besloot haar voorlopig niet meer mee te nemen. Haar bleke, angstige gezicht verried hem dat zij hier nog niet aan toe was.

'Hoor je die donder in de verte,' zei Anna om 22.30 uur, 'zou het alweer gaan onweren?'

'Dat is geen donder,' zei Hans. Hij stond op, liep naar het raam en tuurde het duister in. 'Het is de lawine bij Privilasco.'

Wassermann gooide in zijn haast het schaakbord om. 'Je ziet niks in het donker, verdomme,' zei Hans, toen Wassermann naast hem kwam staan.

'Ik moet naar het ziekenhuis,' zei Wassermann. 'Ze zullen me nodig hebben.'

Anna sloeg haar arm om Nicole heen. 'Je mag wel hier blijven, als je wilt.'

Wassermann keek Nicole aan. Wat zou ze doen? Zou ze een draad tussen hen doorknippen?

'Ik ga mee naar huis,' zei Nicole.

Wassermann stuurde de Volvo langzaam en voorzichtig de van regen glanzende weg naar beneden af. De koplampen verlichtten de druipende struiken in de berm. Nicole tuurde naar buiten. Haar handen lagen ineengeklemd in haar schoot.

'Rustig maar. We zijn zo thuis.'

Na een eerste haarspeldbocht kregen ze zicht op het dorp in de verte. Er was veel beweging van verkeer. Bezorgd keek hij opzij naar Nicole. De angst vertroebelde haar blik.

'Ik had je niet mee moeten nemen,' zei hij. Ze antwoordde niet.

'Het spijt me.'

'Ik moet toch eens...' zei ze, maar het klonk weinig overtuigend.

De weg werd vlak toen ze een klein plateau bereikten. Wassermann gaf gas. De motor pruttelde en sloeg af. De auto stopte. Hij draaide de contactsleutel om. Geen reactie.

Hij stuurde de Volvo aan de kant, trok de handrem aan, zette de versnelling in vrij en startte. Een onwillig geluid. Daarna niets. Hij zuchtte en keek voor zich uit.

'Wat is er? Waarom gaan we niet verder?' vroeg Nicole. Ze keek om zich heen, betastte de auto vanbinnen alsof ze een deuropening zocht.

'Pech. Hij doet het niet.'

'Wat nu? Wat nu?'

'Ofwel we wachten hier samen tot er hulp op komt dagen. Of ik loop terug naar Hans en leen zijn Landrover.'

Ze pakte hem bij zijn arm. 'Ga alsjeblieft niet van me weg! Ik ben zo bang.'

'Loop dan met me mee.'

'O nee, o nee. Dat durf ik niet. Het is te ver.'

'Maar het kan heel lang duren voor er hulp komt. Wie rijdt er nu over deze weg? Op dit uur?'

'Ik ben zo bang, Thomas.'

'Wil je dan de hele nacht samen in de auto zitten wachten? Als ik naar Hans loop, zijn we over een drie kwartier thuis. En ik moet naar het ziekenhuis. Wie weet zijn er gewonden.'

'Probeer hem nog een keer te starten. Alsjeblieft.'

Hij draaide aan het contact. Niets. Ze begon te huilen.

'Luister, Nicole. Je bent tot nu toe heel dapper geweest. Ik ben trots op je. Wat ik nu van je ga vragen, is veel; het is heel erg moeilijk, maar je kunt het.' Hij hield haar handen in de zijne en keek haar aan. Hij probeerde zijn kracht en overtuiging over te brengen, haar angst te verslaan, maar hij voelde dat hij loog. Wat hij overdroeg was zijn diepe twijfel.

'Nee. Ik ben zo bang.'

'Je moet. Je bent veilig in de auto. Blijf hier zitten. Doe je ogen dicht en denk aan huis. Doe net of je thuis zit op de bank of aan de piano. Speel in je gedachten. Zoals schakers blind kunnen schaken, zo kun jij zonder instrument muziek maken. Voor je door de eerste zes preludes en fuga's heen bent, sta ik weer voor je met een auto.'

'Denk je echt dat ik dat kan? Denk je?'

'Vertrouw je mij?'

'Ja.'

'Je kunt het.'

Voor ze antwoordde, kuste hij haar, opende het portier en stapte uit.

'Ik ben zo terug.'

Het regende. Hoe ver zou het zijn naar Hans? Een kilometer? Anderhalf? Twee? Meer? Hij had geen flauw idee. Hoe snel kon hij terug zijn? In twintig minuten misschien? Dat moest ze vol kunnen houden. Hij voelde iets van de paniek die haar nu ongetwijfeld overviel. In looppas ging hij naar boven. Als Nicole maar bleef zitten. Na tweehonderd meter kwam hij bij de scherpe bocht, die hem het zicht op de auto zou benemen. Hij draaide zich om. Hijgde uit. Zag hij de auto nog? Ja, de parkeerlichten gloeiden flauw. Ging het portier open? Kwam ze eruit? Nee, dat moest ze niet doen. 'Blijf zitten!' riep hij. 'Blijf zitten!' Maar zijn stem ging verloren in een plotseling opstekende wind en een onheilspellend gerommel en gekraak. Wat gebeurde er? Hij probeerde in de duisternis gewaar te worden waar het geluid vandaan kwam en tegelijk trachtte hij Nicole te onderscheiden. Kwam ze nu werkelijk naar hem toe? Toen hij besefte dat een aardverschuiving van de Pilinguel over Selva naar het dal stortte, schoof de stroom modder, rotsen, en ontwortelde bomen al met een scheurend geraas tussen hem en Nicole in. Een muur van puin en water. Het lawaai dreunde in zijn hoofd en kreeg het ritme van zijn hollende voetstappen. Al spoedig zag hij dat de lawine ook de weg naar Hans versperde. Hij stond in die bocht als op een eiland. Denken was onmogelijk. Hij merkte niet dat zijn urine wegliep langs zijn benen en dat hij schreeuwde en schreeuwde.

Er werd op de deur gebonsd. Hans Hartog, denkend dat Wassermann iets vergeten was, deed open, zijn blik gericht op de hoogte waar hij de dokter vermoedde. Enkele decimeters lager stond Daniele Puccio. Nerveus, het haar nat en verward. Het portier van het postautootje stond open.

'Er is een lawine bij Privilasco. Er dreigt er een hier. U bent hier niet veilig. U moet vluchten.' De blik van Daniele Puccio overtuigde Hans van de ernst van de situatie. 'Anna!' riep hij. 'We moeten hier weg!'

'U kunt beter via het pad,' voegde Puccio buiten adem eraan toe. 'De weg is niet veilig.'

'Maar daar kan de Landrover niet over.'

'U moet lopen.'

'Anna kan niet zo ver lopen!'

'Ze moet!' schreeuwde Daniele Puccio.

'Wat is er aan de hand?' Anna kwam geschrokken naar de deur.

'We moeten weg. Nu. Er dreigt hier ook een aardverschuiving.'

Daniele Puccio danste ongeduldig van het ene been op het andere. Anna greep een jack en gooide Hans zijn vest met benen knopen toe. De regen doorweekte hen nog voor zij het tuinhek hadden bereikt. Daniele rende vooruit als een hond, keek steeds om of ze volgden. Aan de rand van het plateau op enkele tientallen meters van Hans' huis begon het steile pad naar beneden.

'We moeten elkaar vasthouden,' zei Daniele, 'anders glijden we uit.'

Anna greep een slip van de ceintuur die Puccio's regenjas omgordde; met de kruk in haar andere hand ontlastte ze haar enkel. Hans hield de zoom van Anna's jack vast. Ze kwamen langzaam vooruit. Anna stootte met haar gips tegen elke oneffenheid. Iedere stap deed pijn. De postbode bleef tot spoed aanzetten. Eén keer gleed hij bijna uit en bracht daardoor Anna uit haar evenwicht. Hans hield haar tegen en stabiliseerde met zijn kracht het wankele rijtje.

'Voortmaken, voortmaken, we moeten hem voor blijven,' hijgde Daniele.

Ze waren nog geen vijf minuten onderweg of ze hoorden achter zich het lawaai van de aardverschuiving. De kleine Daniele Puccio slaakte een kreet. Anna en Hans bleven stilstaan, verlamd van schrik.

'Ga door! Ga door!' drong Daniele Puccio aan. Anna beet op haar lippen. Haar been was nog niet voldoende genezen om dit aan te kunnen.

'Klim op mijn rug, Anna,' zei Hans. 'Je houdt het niet vol.' Anna sloeg haar benen om Hans' lendenen en haar armen om zijn hals. Na enkele passen hoorde ze hem al in horten en stoten ademen en dwong ze hem haar weer neer te zetten.

'Daniele, kom hier,' riep ze. Ze sloeg haar arm om de schouders van de kleine man en gebruikte hem ter linkerzijde als steun. Hij was sterker dan ze dacht. Rechts hing ze op de arm van Hans. Haar kruk, die aan weerskanten door Daniele en Hans werd vastgehouden, gebruikte ze als zitstok. Zo raakte haar been nauwelijks de grond. Maar Daniele was te klein, de stok hing scheef, en het pad was niet breed genoeg. Natte takken sloegen hen in het gezicht.

'Wat is er gebeurd bij Privilasco, Daniele? Waar kom je eigenlijk vandaan?'

'Ik weet het niet precies, maar we hebben uitzonderlijk slecht weer gehad dit voorjaar. Warm in de hogere luchtlagen. Zuidenwinden. Veel vocht. Ook de Caral kreeg te veel water te verwerken. Niemand weet waar de natuur toeslaat.' Zijn adem kwam in korte, hoge fluittonen. Het tempo waarin werd afgedaald was te hoog voor hem. Het was alsof hij een lange tocht achter de rug had.

'Laat mij maar weer los, Daniele,' zei Anna. 'Ik kan wel alleen. We kunnen niet met zijn drieën naast elkaar, het pad is veel te smal.'

'Nee, nee, alstublieft,' zei Puccio geschrokken. Zijn kleine, koude hand legde hij bezwerend op de hare. 'Houdt u mij alstublieft vast.'

De modderlawine die bij Millemorti het dal en de overstroomde rivier bereikte en die niet zo omvangrijk was als de lawine die door de straten van Chiavalle brokken rots als kruiend ijs vooruitschoof, bleef enige tijd onopgemerkt. Alle aandacht was geconcentreerd op het dorp. De verbindingen waren verbroken. Toen het bericht doorkwam, was het te laat voor preventieve maatregelen en was men slechts opgelucht dat de lawine geen bewoond gebied had geraakt. Het dal was nu aan twee kanten van de buitenwereld afgesneden. Uit ondergelopen en beschadigde huizen werden mensen geëvacueerd door reddingsploegen, voor zover de rotsblokken dat niet onmogelijk maakten. Het ziekenhuis, het klooster en het bejaardentehuis werden aangewezen als opvangposten. Het gemeentehuis had twee meter modder binnen de muren, zodat Zannoni zijn hoofdkwartier inrichtte in het klooster.

Bewoners van hogergelegen gebieden kwamen naar beneden om nieuws van familie en vrienden te horen en om te helpen. De hal van het ziekenhuis zat vol mensen die lichtgewond waren geraakt en hotelgasten, die een voorlopig onderkomen vonden in lege ziekenzalen. Zuster Immaculata, geholpen door haar kleine staf verpleegsters en vrijwilligers, liep af en aan met verband, zwachtels, warm water en pleisters. Ze troostte huilende kinderen en angstige moeders en kreeg het serene uiterlijk van een zwaar beproefde heilige. Af en toe vroeg ze of iemand dokter Wassermann had gezien. Hij was nodig. Toen zij Hans, Anna en Daniele binnen zag komen, lichtte haar blik op.

'U weet vast waar dokter Wassermann is.'
'Is hij dan niet hier?' vroeg Hans verbaasd.
'Nee, waarom zou ik u anders naar hem vragen?'

'Hij was bij ons. Kort voor de aardverschuiving kwam, ging hij weg. Ik neem aan dat hij de lawine voor kon blijven. Daar had hij toch wel de tijd voor.' Hans keek vragend naar Anna, die het bevestigde.

'Ben jij hem op weg naar boven niet gepasseerd, toen je ons kwam waarschuwen; hij was net een minuut weg toen jij kwam,' vroeg Hans aan Daniele.

'Nee... ik weet het niet... ik heb niets gezien; ik was uw huis al voorbij voordat de dokter wegging. Ik ben naar boven geweest, heb daar gezien dat er in de Caral een stuw was ontstaan en ben u toen komen waarschuwen,' zei de postbode.

'Mijn God, als hem maar niets is overkomen. Ik ga hem zoeken.'

'Ik moet ook weg,' zei Daniele. Hij knikte snel, klakte zijn hakken tegen elkaar in een gebaar dat bijna een dwanghandeling was, en verdween geruisloos. Immaculata haalde haar schouders op en wijdde zich aan haar patiënten. Anna stond alleen. Al haar spieren deden pijn, ze was tot op de draad nat en ze beefde onophoudelijk. In een hoek lag een stapel dekens. Ze nam er een af, sloeg hem om en ging op de grond zitten. Niemand keek naar haar. Niemand sprak met haar.

Instinctief had Wassermann bescherming gezocht tegen langsrollend gesteente dat een eigen weg naar beneden volgde, en stuiterde en takken van bomen losrukte die krakend en ruisend vielen. Het geraas ging als een elektrische stroom door zijn lichaam. Hoe lang hij dicht tegen een rots gedrukt had gestaan, wist hij niet. Geordende gedachten kwamen terug toen de naam Nicole vanuit zijn onderbewustzijn opkwam en steeds dringender klonk. Ik moet naar haar toe. Ze is bang. Ze is alleen. Waar is ze? Waar moet ik heen? Hij kon niet anders dan dwars door het bos langs steile en dichtbegroeide hellingen zich een weg banen in de hoop op een smal voetpad te stuiten, dat hem naar het dorp aan het meer zou brengen. Als de aardverschuiving de verbindingen maar niet had verbroken; als de hoofdweg beneden nog maar begaanbaar was zodat hij langs de andere kant de weg naar Selva kon bereiken om Nicole te zoeken. Hij moest om de lawine heen. Takken sloegen hem in zijn gezicht, soms liet hij zich zittend een stuk naar beneden glijden, zonder te zien waar hij ging of waar hij terechtkwam, en greep hij zich vast aan struiken en pollen gras om zijn vaart te breken. Hij raakte bemodderd en geschaafd, maar bereikte een pad dat uitkwam in Spinadascio, een gehucht van drie huizen. De elektriciteit was uitgevallen, want er brandde geen straatlantaarn meer en achter de ramen van de huizen zag hij kaarslicht. Hij bonkte op de eerste deur die hij zag.

'Doe open, ik ben het, dokter Wassermann.' Een oude boerenvrouw deed open. Ze hield een omslagdoek over het hoofd en had een kandelaar in de hand.

'Dokter! Wat ziet u eruit! Wat is er met u gebeurd?'

'Ik heb een auto nodig. Er is een lawine bij Millemorti.'

'Er zijn geen auto's meer. Mijn man is met al zijn materieel naar de lawine bij Privilasco. Het is verschrikkelijk. En dat er nu ook hier in de buurt een lawine komen moet! Bij Millemorti nog wel! Ik durf mijn huis niet uit! Ben ik hier veilig, dokter?'

Hij wachtte niet tot ze uitgesproken was, maar draaide zich om en liep weg.

'Carlo van Cesare heeft nog een brommer staan!' riep ze hem achterna.

'Waar woont hij?'

'Hier. Het volgende huis.'

De brommer van Carlo was oud, maar hij deed het en de dokter mocht hem vanzelfsprekend lenen. De weg naar Chiavalle was ter hoogte van Millemorti bedekt met een dikke laag modder, rotsblokken en ontwortelde bomen.

Thomas reed naar Le Prese en zag dat de lage brug over de Chiavallino daar weg was. De water- en modderstromen hadden de rivier ver buiten haar oevers doen treden. Ook het meer kon de hoeveelheid niet verwerken en de watermassa stortte zich over de drempel bij Miralago de kloof in naar beneden naar Tirano. Wassermann moest over het wandelpad het meer rondrijden om de andere oever van de rivier en de andere kant van de lawine te bereiken. Vele kilometers half ondergelopen pad vol obstakels. Het was de hel. Hij praatte hardop, sprak elke gedachte uit. En steeds keerden dezelfde woorden terug. Wees niet bang, Nicole. Ik kom eraan. Ik kom eraan. Blijf zitten. Blijf zitten. Zolang dit oude karkas van een brommer het volhoudt. Mijn God, wat een ravage. Wat een chaos. Blijf zitten, Nicole. Ik kom eraan. Ik kom naar je toe. Ik laat je niet in de steek. Nooit. Wees niet bang.

Waar het dal breed en vlak was, had het water zich in een dunne laag verspreid. De palen die de rand van de weg markeerden hielpen hem de hoge brug bij San Antonio te vinden. Goddank was die intact. Onder hem kolkte het water en werden grote, hulpeloze dennen stroomafwaarts gesleurd. Hij meende een auto te zien. Nicole! De brommer bleef als door een wonder rijden. Hij had het gevoel uren en uren onderweg te zijn geweest toen hij bij de splitsing naar Selva kwam. Links van hem rees nu de wal op. Het was merkwaardig stil. Alsof niemand wist welk een ramp zich ook hier had voltrokken. Hij reed naar boven. Af en toe slipte hij in de modder en stootte hij op brokken steen. De Volvo stond er nog. Goddank. Zijn keel was dichtgeschroefd van hoop en vrees. Het portier was open. Een groot stuk rots was tot stilstand gekomen tegen de zijkant. De kegelvormige kruin van een arve was op het dak gevallen. De auto was leeg. Kleine beekjes stroomden langs de wielen. Er klonk geruis van water. Waar de lawine langs was gegaan lag een laag grond, vermengd met hout en stenen. Rauw en ongevormd als op de eerste scheppingsdag. Hij ging zo dicht mogelijk naar de wal toe en liet de voorlamp van de brommer als een schijnwerper de omgeving verlichten. 'Nicole!' riep hij. 'Nicole!' Er kwam geen antwoord. 'Nicole!' Hij hoorde alleen de echo. En een vogel, die de dageraad aankondigde alsof er niets was gebeurd.

Toen Hans Hartog de Volvo vond was de hemel lichtgrijs. Het regende niet meer. Er blonk zelfs een enkele ster en de maan vertoonde een onschuldig sikkeltje. De bergen hadden hun bekende roerloze silhouet behouden. Er leek niets veranderd. Aan de rand van de verse aarde lag een brommer op zijn kant. De voorlamp scheen doelloos de lucht in. Een paar meter verderop zat Thomas Wassermann. Hij hield een damesschoen in zijn armen.

Anna bracht de uren in de ziekenhuishal door in een toestand van vervreemding. Ze was moe en had pijn. Ze voelde koorts opkomen. Niemand bekommerde zich om haar. De uren verstreken, maar ze was er zich niet van bewust. Ze zag mensen heen en weer lopen, aanvankelijk van hot naar haar, angstig, zenuwachtig en opgewonden; maar allengs kwam er tekening in de situatie en kreeg Immaculata greep op de zaak. De gang raakte leeg, de koffiebekers voor verkleumde evacués werden opgeruimd, de meeste vluchtelingen waren opgehaald door familieleden. Ontzetting was veranderd in vastberadenheid. Maar Anna had er geen deel aan. Haar hoek in de gang was de wereld. Ze was wakker, maar kon geen gedachte vormen. Haar bewustzijn werd gevuld met willekeurige beelden en woorden.

Het daglicht verdrong het kunstlicht. Anna zat nog als enige in de gang te wachten. Ze wist niet op wie, ze wist niet waarop. Ze had begrepen, dat ook haar vakantiehuis was getroffen door de modder. Even waren rusteloosheid en drang tot actie in haar gevaren, maar wat kon ze doen? De weg naar het huis was versperd. Bovendien had ze daar weinig zaken van waarde meer; de meeste kleren waren bij Hans en het enkele boek dat er lag, interesseerde haar niet. Morgen zou ze de eigenaar bellen. Of overmorgen. Nu niet. Nu niets.

Immaculata, indrukwekkend bleek in haar witte uniform, sloot zachtjes de deur van een ziekenkamer achter zich. Ze passeerde Anna, zoals ze haar al vele malen die nacht was gepasseerd, zonder haar te zien. Maar even later kwam ze terug met warme melk, knielde naast Anna neer en reikte de beker aan.

'Het is allemaal nogal meegevallen,' zei Immaculata. 'Wat slachtoffers betreft. Het dorp is een puinhoop, maar die ruimen we wel op. Het wordt al licht. En het regent niet meer.'

Anna antwoordde niet, al hoorde en begreep ze de woorden wel. Ze wist niet wat ze moest zeggen. Geen woord leek haar meer de moeite van het spreken waard.

'Ik hoop dat meneer Hartog de dokter vindt.'

Anna knikte.

'Het is niet moeilijk in dit alles de vinger Gods te zien.'

Anna schudde nee.

'Er is veel gebeurd in dit dal dat Gode onwelgevallig is. Op deze manier doet Hij zijn toorn kennen.'

Anna trok een gezicht.

'Heeft u last van uw been? Laat mij eens kijken.' Immaculata sloeg de deken weg en keek naar het gips, dat nat en vuil was. 'Als dokter Wassermann komt, moest hij u maar een nieuw gipsje geven. Dit is gescheurd.' Ze klopte op het gips, stond steunend op. 'Ze zullen zo wel komen.'

'Er is geen God of Hij is goed,' mompelde Anna. Immaculata glimlachte niet-begrijpend en verdween in het besef haar bijdrage te hebben geleverd aan het bedaren van Gods toorn.

Anna viel in slaap, hoewel het meer leek of haar bewustzijn was verdaagd. Ze droomde dat ze doof en blind en lam was. Zo dicht bij de oppervlakte speelde zich de droom af dat zij de ervaring voor echt hield. Ik ben dood, dacht ze dromend, ik ben dood of bijna. Dit is het. Deze stilte, deze kerker. Mijn stem cirkelt in me rond, mijn ogen kijken in een spiegel, mijn benen weigeren de ruimte te betreden. Ik ben alleen. Ik ben dood. Het is mijn bestemming. Anna was niet bang.

Brief van Daniele Puccio aan Daniele Puccio

Juli

'Caro Daniele,
Het is de ochtend van de veertiende juli. Het is acht uur. Ik zit op het postkantoor, dat gespaard is gebleven. Er is nog niemand. Er is ook geen post.

Ik heb verschrikkelijke dingen gezien.

Waar moet ik beginnen je de gebeurtenissen van deze nacht te schilderen. Je bent er zelf bij geweest. Stel je nog prijs op mijn woorden of slinger je ze mij weer in het gezicht? Eens kon ik je aanspreken en luisterde je naar me. Maar je bent me ontglipt. Ik zie je in een woestenij. Daar sta je, onbereikbaar en ontredderd, in een troosteloosheid die iedere beschrijving tart, en je heft je vuist op naar de lege hemel. Wat verlang ik ernaar je te omhelzen en te kalmeren! Maar soms kan ik geen onderscheid maken tussen jou en mij en sta ik daar en roep om hulp...

Toen ik Anna Arents veilig wist, ging ik op huis aan. Ik kon de Piazza da Cümün niet oversteken. De lawine had de oevers van de rivier als het ware verplaatst, zodat over een breedte van tientallen meters aan weerszijden van de Chiavallino de stroom modder en rotsblokken door het dorp was geschoven. De vloedgolf had grote brokken manshoog op slordige stapels neergeworpen voor de kerk, voor Albrici, voor de bank, voor Semadeni. Ze waren langs de huizen geschuurd en hadden de muren beschadigd, luiken afgerukt, deuren geforceerd, auto's verpletterd. Ze vulden de paden en straten naar de rivier; kleiner gesteente was uitgevloeid in de stegen naar het klooster en het ziekenhuis. Mannen in lieslaarzen probeerden bij het licht van zaklantaarns met schoppen en hevels brokken steen voor de ingang van huizen weg te ruimen. Het was onbegonnen werk. Ook al was het ergste voorbij, de stenen bleven ketsen en rollen als biljartballen. Het water stroomde nog steeds. Ik maakte rechtsomkeert en voelde mij verloren. Mijn dal, mijn dorp was getroffen, en ik kon niets doen. Niemand riep mijn hulp in. Post zal er wel in geen dagen komen. Mijn auto staat vast op Selva, bij Hans Hartog.

Jij hebt dit gewild, Daniele.

Ik wilde mij verbergen voor de ogen van de mensen. Maar ons huis was onbereikbaar. Ik liep van het klooster naar het bejaardenhuis, naar het ziekenhuis, en weer terug. Iedereen had een taak en een doel. De gemeenschap maakt mij keer op keer duidelijk dat ik een vreemde ben. Ik weet wel, er is wrijving en strijd zodra twee mensen in een ruimte samenzijn. En zelfs het zijn van een mens in de ruimte is een precaire balans tussen gedogen en veroveren. Maar tussen mij en de ruimte is het al zo lange tijd oorlog. Ik ben klein, ik verplaats te weinig lucht, mijn gewicht is te licht, ik word niet gevoeld. De druk wordt te groot, ik ben er niet meer tegen bestand.

In het klooster zetelde Zannoni met een radiozender. Hij won weer terrein bij de dorpelingen. Zijn leiderschap werd in dit uur niet betwist, integendeel, men liet de bevelvoering graag aan hem over. Hij zag er flink uit. Hem lukte het. Hem zal het altijd lukken. Hij plooit zich met het lot, hij gooit het op een akkoordje met het toeval. Ik haat hem om zijn alledaagsheid en om zijn geluk.

Ik hoorde dat Wassermann er nog niet was. Je hebt je laatdunkend uitgelaten over mijn bewondering voor mevrouw Wassermann, maar je woorden over haar verrieden je diepere gevoelens. Haar zuiverheid krast je in de oren, omdat je haar onwaardig bent. Je bent bang. Ik moest haar vinden. Ik stal een onbeheerde fiets en volgde Hans Hartog. Het kostte veel moeite het dorp uit te komen en de weg naar Selva te bereiken. Anderhalf uur geleden kwam ik aan bij de plaats waar de auto van de dokter stond. De Harley Davidson, waarmee Hans Hartog kennelijk vanaf het ziekenhuis zijn speurtocht was begonnen, stond op zijn standaard midden op de weg, aan de kant lag een brommer. Verderop zag ik dokter Wassermann. Hij hield zijn gezicht opgeheven naar de hemel, waarin de dageraad roze schemerde. Hij had haar schoen in zijn handen. Hij sprak onverstaanbare woorden. Hans Hartog stond op afstand en liet hem. Wassermann bukte zich en begon de aarde met zijn handen weg te krabben. Help me, help me, riep hij. Hij ging maar door en door en Hans liet hem begaan tot zijn handen bloedden en zijn lichaam bedekt was met modder. Toen liet hij zich vallen met zijn gezicht in de natte, met stenen en takken bedekte grond. Ik zag aan het schokken van zijn lichaam dat hij huilde. Hoorde hem toen. Ik kwam naderbij en raakte Hans' arm aan. Zo kon het niet doorgaan. De dokter moest weggehaald worden. Ze moesten de graafploeg waarschuwen. Misschien kon ze gevonden worden en gered. Het zijn verschrikkelijke dingen, Daniele, en het sneed me door mijn ziel.

Jij hebt dit afgeroepen. Ik heb je lang de hand boven het hoofd gehouden. Ik heb je beschermd, ik heb je onredelijkheid verdragen, ik heb je beledigingen geslikt, ik heb je leugens geloofd, ik heb je pijn verzacht en ik heb van je gehouden. Maar nu moet ik je straffen voor de ramp die je hebt aangericht. Ik huiver. Want ik voel je pijn en de pijn die zal komen.

Ik wil je niet meer zien. Ik wil je niet meer zijn. Daniele'

Anna werd wakker door het ronkende geluid van de Harley Davidson die voor het ziekenhuis stopte. Ze kon zich niet bewegen, ze kreeg haar ogen niet open. Haar hart klopte in haar keel. Het kostte haar enige wilskracht om door de verlamming heen te breken. Haar hoofd gloeide.

Hans Hartog duwde de deur van het ziekenhuis open en hielp Thomas Wassermann naar binnen. Met grote tederheid zette hij hem naast Anna neer op de bank.

'Wat is er gebeurd? Waar is Nicole?' vroeg Anna.

'Nicole wordt vermist,' zei Hans.

'Ze is dood,' zei Wassermann, 'ze is dood.'

'Daar zijn we nog niet zeker van. Ze gaan haar zoeken, Anna.'

'Maar, hoe kan dat dan?'

'Pech met de auto. Nicole bleef zitten. Thomas ging terug naar ons. Ze is misschien uitgestapt om hem achterna te gaan. Toen kwam de lawine. Hij heeft alleen een schoen gevonden.'

'Ze is dood,' zei Wassermann.

Hans Hartog ging zuster Immaculata waarschuwen. Als haar God ook ongelovigen kon troosten, moest hij dat kunstje maar eens demonstreren. Hij, simpele sterveling, was niet in staat te troosten. Troost kleineert zo gauw het verdriet, en hij kende het verdriet goed genoeg om te weten dat alleen tijd helpt en een slecht geheugen. Hij zocht de wc op en gaf over.

Hoofdstuk 7

Hans Hartog liet Anna en Wassermann in het ziekenhuis achter onder de hoede van Immaculata, die met een zweem van voldoening zei dat de Heer ook voor spotters en goddelozen aan het kruis was gestorven. Het was dag. De zon bescheen de diluviale woestenij, waarin nietige mensen orde trachtten te scheppen. De doorwaakte nacht had zijn zintuigen gescherpt. Het licht deed pijn aan zijn ogen; de geluiden van de werkploegen, die meteen bij daglicht waren begonnen de schade te herstellen, weerklonken in zijn hoofd. Er hing een geur van vuursteen en ozon. Het mooie, schone Chiavalle was een rampgebied.

De tocht omhoog naar Selva, langs hetzelfde pad dat Daniele, Anna en hij die nacht hadden genomen, was bijna idyllisch, zeker waar bomen het uitzicht op het dal belemmerden. Er heerste grote bedrijvigheid onder de dieren. Het pad stond op vlakke stukken vol blinkend water, waarin vogels een bad namen. Op kleine zonnige weiden richtten platgeregende halmen en stelen zich op en ontsloten bloemen hun kelken. Er is niets gebeurd, dacht Hans, er is niets gebeurd. Maar de woede, die voorloper van het verdriet, stuurde zijn stappen en bonsde in zijn aderen. Er is niets gebeurd met mijn huis en mijn tuin, dacht hij, alsof hij met die bezwering de loop van de lawine alsnog kon beïnvloeden. Hij durfde zijn blik niet op te heffen naar de alm. Bij de laatste bocht in het pad, vlak voor hij Selva moest zien, trilde hij van angst en inspanning. Het was stil. Tussen de bomen door zag hij de open ruimte, die groen behoorde te zijn. Het plateau van Selva was geheel door de lawine van modder en steen bedekt, behalve de plaats waar het huis stond. Alleen daar, in die hoek, was het gras nog groen, zij het bezaaid met takken en stenen. De muur rond het huis was de borstwering van een fortificatie, waarbinnen alles intact was. Onbeschadigd en onschuldig. Onwerkelijk gaaf en rustig. *Locus Amoenus.* Zijn beelden waren er, zoals de bloemen op de wei er waren: zomaar, per toeval, sprekend tot wie wilde horen van het leven dat ten dode is opgeschreven. Hij slikte. De tranen brandden. Alles mocht dan ijdel zijn en vergankelijk: dit was al wat hij had, wat hij vertrouwde en kende. Hij nam zich voor deze plek beter dan ooit te beschermen tegen aanvallen van buiten. Hier hoorde hij thuis. Alleen.

Toen hij het huis binnenging en het omgevallen schaakspel op de grond zag liggen en de glazen – halfvol nog – zag staan, begon het verdriet zich een weg te banen naar zijn hart. Hij ruimde de kamer op en zette de ramen open. De kleren en andere eigendommen die Anna naar Selva had gebracht, deed hij in een koffer. Haar geur zou snel verdreven zijn uit het beddegoed en de badkamer. Hij sliep een uur en voelde zich uitgerust. Toen schreef hij een korte brief:

'Lieve Anna,
De lawine heeft aan veel een einde gemaakt. Het kan nooit meer worden zoals het was. Je had gelijk: schuld is een slechte voedingsbodem voor liefde. Ik ben niet geneigd tot inschikkelijkheid. Ik kan niets delen, vooral niet mijn leven, mijn huis, mijn bed en mijn eenzaamheid. Hans.'

Opnieuw maakte hij de tocht naar beneden. De koffer en de brief gaf hij aan de portier van het ziekenhuis.

De twee lawines waren het slotakkoord geweest van een

lange periode slecht weer. Het herstel en de schoonmaak van getroffen straten en huizen werden beschenen door een stralende zon aan een strakblauwe hemel. Het water daalde snel. Nu de gezamenlijke vijand had toegeslagen waren eensgezindheid en saamhorigheid troef onder de dorpelingen. Spavento hielp vriend en vijand tegen gelijk tarief, en hij commandeerde samen met Gelosi een grote schare vrijwilligers.

Zannoni was bekleed met noodgezag. Dat hij die fatale nacht bij Isabella was geweest werd beschouwd als een ernstig misbruik van vertrouwen. Had de gemeenschap hem niet de hand boven het hoofd gehouden door zijn geheim te bewaren? De geringste tegenprestatie was wel discreet te zijn en zijn plichten als burgemeester na te komen. Desalniettemin moest iemand de coördinatie van het rampenplan op zich nemen. Zannoni begreep dat dit zijn laatste kans was het respect van zijn onderdanen weer te verwerven. Hij riep de hulp van het leger in en maakte bekend zowel in de Varuna als in de Caral waterwerken te zullen laten bouwen die een ramp met een omvang als deze voor altijd onmogelijk zouden maken. Wat hemzelf betreft was de situatie opgeklaard. Twee jaar lang had hij in een waas geleefd, had zijn geheime hartstocht hem gekweld, overweldigd en beheerst, en stonden al zijn handelingen in het teken van zijn verslaving aan Isabella. Nog elke nacht, woelend in het Spartaanse logeerbed dat zijn vrouw hem had gespreid, droomde hij van haar. Maar hij had haar afgezworen en met de tijd zouden de ontwenningsverschijnselen verdwijnen. Na Zannoni's oprechte, berouwvolle biecht zou de pastoor zeker zijn voorspraak willen zijn bij zijn vrouw. Huwelijksplichten moesten worden nageleefd en zonden vergeven. Zannoni zat weer hoog te paard.

Isabella's opluchting over het einde van een weinig lucratieve verhouding duurde niet lang. Nu alles weer bij het oude was en Zannoni niet meer te manipuleren, bemerkte ze dat de animositeit jegens haar de kop opstak. Zij was echtbreekster, zij had de burgemeester verleid en het dorp in gevaar gebracht. Bovendien deden geruchten de ronde over haar genegenheid voor Hans Hartog. Daarmee belandde ze in het kamp van de vreemdelingen. Op korte termijn was het meest beroerde gevolg dat ze moeilijk hulp kon krijgen. Antonella was als serveerster aangenomen en niet als werkster, die naam dus ontslag. Alle andere meisjes waren elders onmisbaar. Isabella had een gruwelijke hekel aan poetsen en dweilen, maar zodra het water gezakt was moest ze er toch aan geloven. Graziani gaf vanaf het pleintje aanwijzingen voor de schoonmaak van de drogisterij, zodat hij ook het oog kon houden op Venezia. Met haar opgeschorte rokken en haar doek om het hoofd deed Isabella hem denken aan Silvana Mangano in *Bittere Rijst*. Wanneer ze bukte en dweilde en hij haar zwenkende billen de deuropening zag naderen, bracht een duiveltje hem in verzoeking. Zou hij Zannoni's plaats trachten in te nemen? Zou hij zichzelf aan het eind van zijn potente jaren dit sappige, rijpe ooft gunnen? Nee, hij deed het niet. Hij legde de stem het zwijgen op en zuchtte diep van voldoening. Jezus in de woestijn.

Waterpompen, die de kelders leeg moesten pompen, vormden dag en nacht het achtergrondkoor voor de bulldozers en de koevoeten. Met behulp van sneeuwschuivers werden de wegen naar de rest van de wereld vrijgemaakt. Dat had absolute prioriteit. En niet het gravend en voorzichtig zoeken naar het lijk van een vrouw die voor het oog van het dorp nooit had bestaan. Natuurlijk was het bericht dat Nicole werd vermist als een schokgolf door de gemeenschap gegaan. Sommige vrouwen sloegen de handen ineen, prevelden een gebed en bekruisten zich. 'De vrouw van dokter Wassermann bedolven door de lawine bij Selva.' 'Ach, het was dus zijn vrouw.' 'Was ze echt zijn vrouw?' 'Was het een vrouw?' 'Bestond ze echt?' Ze konden het moeilijk geloven en voelden zich licht beledigd door Wassermanns verheimelijking van zijn huwelijk. Waarom had de dokter nooit iets verteld over dat geheimzinnige wezen dat alleen maar aanwezig was in de muziek die op mooie dagen als de ramen openstonden uitwaaierde over het halve dorp? Waarom had hij hun niet waardig geacht? Hoe konden zij op hun beurt op zoek gaan naar een schim? Zij was niet een van hen. Bovendien had de stroom haar zonder enige twijfel meegesleurd naar het meer en haar daar onder een rots verankerd. Haar lichaam werd niet gevonden. Wassermann had slechts een schoen om te bewenen.

Het project-Millemorti was van de baan. Geen beter argument dan de lawine. De tegenstanders betuigden niet openlijk hun blijdschap, omdat er een slachtoffer te betreuren viel, maar een enkele socialist voelde de tegennatuurlijke neiging Immaculata's toornige God te danken voor Zijn steun. Het driemanschap was diep terneergeslagen. Juist nu door Pandolfi's hartaanval de overwinning was ingeluid, had de lawine roet in het eten gegooid. Graziani's zoon, werkzaam bij de vrijwillige hulptroepen op Selva, kwam echter op een avond thuis met een verdenking, die in de fantasie van de vader de zekerheid van een feit kreeg.

De volgende dag bracht een bijeenkomst aan het ziekbed van de snel herstellende Pandolfi de strijd rond Millemorti op een nieuw en onvermoed plan. Tussen de grijsgroene muren van de sobere ziekenkamer leken de drie mannen op bolsjewieken die in een goedkoop Zwitsers logement de revolutie voorbereidden.

'Renato zegt dat de lawine bij Selva met opzet veroorzaakt is,' zei de drogist op samenzweerderstoon. Pandolfi verslikte zich in een druivepit en hees zich hoestend op in de kussens.

'Wat zeg je?'

'Renato en zijn collega hebben de resten van een dam in

de Caral gevonden. Daarachter moet net als bij de Varuna water zijn opgestuwd, voldoende om bij een doorbraak de onstabiele grond aan het glijden te brengen. Het was de druppel, zal ik maar zeggen. Er zijn mensen zat die op zo'n druppel hebben zitten wachten. Het zou me niks verbazen als deze of gene de natuur een handje heeft geholpen.'

Spavento, die een nuchter en meestal weldenkend man was, schudde het hoofd en zei: 'Onmogelijk.'

'Wat is onmogelijk? Dat de bodem daar onstabiel was, wisten we. Niet onrustbarend genoeg om Millemorti tegen te houden, maar toch...'

'Precies. Niet onrustbarend. Het is maar de vraag of het water uit zo'n plas genoeg was. Zoveel factoren kunnen tot een lawine leiden. Bovendien: het bouwen van een dam is geen sinecure. Technische en fysieke krachtpatserij. Wat Renato heeft gezien was hoogstwaarschijnlijk een puur toevallige opeenstapeling van stenen, het gevolg van een kleine aardverschuiving.'

Graziani kneep beledigd zijn lippen opeen. Zijn zoon voor leugenaar uitmaken! Pandolfi, nog nahijgend van zijn hoestbui, vroeg om aandacht door met zijn oude babyhanden te wapperen.

'Mogelijk of onmogelijk is van minder belang dan geloofwaardig of ongeloofwaardig. Met een beetje fantasie is Graziani's verhaal geloofwaardig te maken. Geloof in je eigen woorden is de basis van overtuigingskracht en het geheim van een goed advocaat. Wanneer bekend wordt dat de lawine bij Millemorti opzettelijk werd veroorzaakt, zal de woede van de bevolking zich tegen de club van Gelosi richten. Ons plan zal worden aangenomen als straf voor de wandaden van de tegenstanders. Dat is de genadeklap voor Gelosi en voor Ben... Ik had het bijna zelf kunnen bedenken, van die dam.'

Graziani was enthousiast: 'Precies. Dat bedoelde ik.'

Spavento hield vol. 'Ik zou het niet geloven.'

'Jij hoeft het niet te geloven. Als je het maar niet tegenspreekt,' kefte de drogist.

Pandolfi plaatste peinzend de vingertoppen tegen elkaar. 'Wie komt in aanmerking voor de rol van verdachte? Je bent geloofwaardiger als je de collectieve verontwaardiging weet te sturen in de richting van een zondebok.'

Ze waren stil. Dachten na. Spavento met enige tegenzin.

'Gelosi komt niet eens op het idee,' zuchtte Graziani, 'die is zo rechtschapen. Dat weet iedereen.' Zijn blik rustte op Pandolfi. De dikke notaris wist meteen welk licht de drogist opging en haastte zich te zeggen: 'Beniamino ook niet. Die heeft hoogtevrees.' Hij had zijn zoon in de ban gedaan, maar het bloed kruipt waar het niet gaan kan.

'De beeldhouwer!' riep Graziani. 'Die kunstenmaker is sterk, hij sleept hele bomen naar zijn hol. En wie was er feller tegen Millemorti dan hij. Hij had de middelen, hij had het motief en hij had de gelegenheid.'

'Zijn eigen huis liep gevaar,' zei Spavento. 'De baan van een lawine kun je niet berekenen. Zelfs Hartog is niet zo gek dat hij willens en wetens speelt met zijn leven.'

'Wat is op Selva gespaard gebleven? Alleen Hartogs huis. Toeval?'

'Het is onzin,' zei Spavento.

'Misschien toch niet,' zei Pandolfi. 'Een obsessie brengt mensen tot de meest merkwaardige daden. De werkelijkheid is vreemder dan de stoutste fantasie.'

Graziani keek als Oliver Hardy in zijn nopjes.

'Ik zou het niet geloven,' hield Spavento vol.

'Als de mensen het maar geloven. Als het maar geloofwaardig wordt gebracht. We moeten zeer zorgvuldig te werk gaan. Eerst Zannoni inlichten. Maar voorzichtig, vragenderwijs. Het zaad zaaien.' Pandolfi begon peinzend aan een nieuw trosje druiven.

'Zannoni was tegen Millemorti,' zei Spavento.

'Sinds hij van Isabella de bons heeft gekregen is hij weer

vóór, om zijn vrouw te paaien.' Graziani giechelde. Zijn geestelijk genot was aanzienlijk toegenomen sinds hij Isabella vrij wild wist.

Het driemanschap stippelde de 'marsroute' uit met als doel de raadsvergadering van 31 juli, waarin Graziani mocht excelleren in de rol van openbaar aanklager. Er was weinig tijd en veel te doen. De drogist streek over zijn grijze haar en rechtte zijn rug. Het zou zijn mooiste uur zijn.

In de hoge ziekenhuisgang hoorde Anna haar ongelijkmatige stap weergalmen. De doffe bonk van haar gipsbeen leek de verre echo van het geluid dat haar geschoeide voet maakte. Ze luisterde en keek omhoog langs de wanden naar het gewelfde plafond. Tussen waken en slapen had ze weleens het gevoel oneindig groot te worden, uit te dijen en de verste uithoeken van het heelal te bereiken; haar tong bewoog dan als een walvis tussen monumentale tanden en iedere beweging was vertraagd. Een enkele keer gebeurde het tegenovergestelde en werd ze oneindig klein, hard en scherp. Dat laatste overkwam haar nu op klaarlichte dag tijdens de korte wandeling in de ziekenhuisgang. Ze voelde zich een indringer in een vijandige omgeving. Het lukte haar niet haar onbeholpen voetstappen te dempen. Misschien was het beter terug te keren naar haar kamer, maar de verschijning van Graziani en Spavento verhinderde de uitvoering van dat voornemen. Ze kwamen een kamer uit en keken haar recht in het gezicht. Anna kromp ineen onder hun blik. Ze voelde zich schuldig, maar wist niet waaraan. De stemmen van Graziani en Spavento vormden met de holle klank van hun stappen een kluwen wegebbend geluid. Onder dekking van dat lawaai bewoog Anna zich als een dief voort. Zuster Immaculata had gezegd dat hij een kamer aan het eind van de gang bewoonde. Na haar klop op de laatste deur, wachtte ze met gebogen hoofd op het 'Binnen' van de hoge, perfect articulerende stem.

'Ik ben het, Anna Arents,' zei ze terwijl ze de schemerdonkere kamer binnenstapte. In een stoel bij het raam zat de kleine Daniele Puccio. Zijn voeten schommelden boven de vloer. Hij droeg een kinderpyjama en een kleine maat kamerjas, zoals eigenwijze jongens hebben. Zijn ogen waren verborgen achter een zonnebril. Het gitzwarte haar, zo diepzwart dat Anna hem ervan verdacht het te verven, zat als altijd geplakt tegen de kleine ronde schedel, behalve een parmantige piek op de kruin. Ze zag aan de plotselinge beweging van het hoofd en de handen dat hij verrast was. Geschrokken zelfs. Maar hij zei niets.

'Mag ik gaan zitten?'

Daniele Puccio maakte een elegant, uitnodigend gebaar in de richting van de andere stoel. Toen hij begon te spreken meende Anna ontroering in zijn stem te bespeuren. Iets hoger en iets heser klonk het: 'U bent de eerste die mij opzoekt, Frau Doktor.'

'Zeg alsjeblieft Anna.'

Ze ging zitten in de ongemakkelijke leunstoel die aan de andere zijde van het geblindeerde raam stond en strekte haar been voor zich uit. Op een hoog ziekenhuisbed na was de kamer leeg. Anna verbeeldde zich hoe zuster Immaculata de postbode elke avond een kontje gaf om hem zijn bed in te helpen. Aan de wand hing een kruisbeeld; de nog groene tak van palmzondag stak frivool vanachter de doornenkroon schuin omhoog. Geen bloemen, geen planten, geen kindertekeningen gaven de kamer kleur. De stilte gonsde. In de verte klonk gerinkel van metaal en glas.

'Buiten schijnt de zon,' zei Anna, 'wanneer mag het gordijn open?'

'Het gordijn mag open.'

'Waarom is het dan dicht? Heb je toch last van het licht?'

Daniele Puccio bewoog nerveus zijn handen.

'Ja, ik heb last van het licht.'

'Dokter Wassermann zei dat het goed ging met je ogen... en dat je na het weekend naar huis mag.'

'Dat is waar.'

'Gelukkig maar.'

Er viel een lange stilte. Waarom zocht ze Puccio op? Haar belangstelling kwam niet alleen voort uit naastenliefde of uit dankbaarheid voor haar redding. Puccio was een raadsel dat opgelost moest worden. Vanaf het moment dat ze voet in de Chiavell had gezet, had hij haar pad gekruist, alomtegenwoordig en geruisloos. Als zij hulp nodig had, was hij er, als zij hem niet verwachtte, stond hij voor haar. Zijn hulpvaardigheid gaf hem de schijn van bewaarengel. Maar van gebeurtenis tot gebeurtenis was haar bestaan hier troostelozer geworden. Haar plannen waren in voornemens blijven steken. Hans Hartog had haar afgewezen. Haar toekomst was angstig dichtbij en onzeker. Het gevoel in alles gefaald te hebben kwam met de hevigheid van een lang onderdrukte emotie in haar op. En Daniele Puccio leek het symbool van haar failliet.

'Hoe is het eigenlijk gekomen?' vroeg Anna.

'Loog,' zei Daniele.

'Ja, dat weet ik. Maar hoe kwam het precies?'

'Wat zeggen ze?'

'Wie?'

'De mensen.'

'Niets. Dat het een ongeluk was.'

Puccio wreef zijn handen over elkaar zoals een vlieg zijn voorpootjes en schommelde driftiger met zijn benen. Opeens zette hij zijn zonnebril af.

'Hoe ziet het eruit?'

Ondanks het gedempte licht zag Anna hoe rood en gezwollen de huid was rond de bloeddoorlopen ogen. Haar adem stokte even en haar maag kromp ineen. In Danieles blik zag ze een wanhoop, die zij liever niet peilde.

'Het is rood, maar dat zal wel wegtrekken.'

Bruusk zette hij zijn bril weer op en wendde zijn hoofd af.

'Ga alstublieft weg, Frau Doktor. Ik wil uw medelijden niet.'

Haar vermogen op de meest pijnlijke momenten eerlijk te blijven liet Anna niet in de steek. 'Ik heb geen medelijden met je. Ik wil antwoord hebben op een vraag.'

'Welke vraag?'

'Waarom heb je het gedaan?'

Daniele Puccio begon te lachen. Ze had hem nog nooit horen lachen. Hij lachte als Repelsteeltje. Zijn schouders schokten van het lachen en toen hij zich omdraaide zag ze dat zijn gezicht een craquelé van rimpels vertoonde en dat hij het scherpgetande gebit van een roofdier had. Er kwam geen eind aan zijn lachbui. Tot het lachen overging in snikken en de tranen langs zijn wangen liepen. Anna wachtte tot hij bedaarde en legde toen haar hand op zijn arm. Puccio greep hem en drukte hem tegen zijn vochtige wang, zoals de jongen in de trein had gedaan. Een scheut van afgrijzen trok door haar buik. Haar vingers raakten de rode huid rond de ogen.

'Dit is onvergeeflijk pathetisch,' fluisterde Daniele, 'ik heb deze scène niet bedacht.'

Anna trok haar hand terug. Daniele had een grens overschreden; de gebeurtenissen hadden zijn precaire evenwicht verstoord. Ze stond op.

'Ik ga maar weer eens naar mijn kamer.'

Anna aarzelde. Ondanks zijn mysterieuze epifanieën was hij de enige in dit dorp die om haar gaf. Maar nu hij zelf ontspoord was, leek hij niet het aangewezen klankbord voor haar problemen.

'Het water is gezakt; morgen ga ik weer naar huis,' zei ze.

Naar huis. Welk huis? Geen huis. Geen thuis meer. Ze liep naar de deur.

'Is mevrouw Wassermann gevonden?' Hij sprak snel, op

één toon, en toen Anna zich omdraaide om hem te antwoorden, keek hij neer op zijn handen alsof hij niets had gezegd.

'Nee, ze is niet gevonden.'

'Het was mijn schuld.'

Anna zei niets.

'Het was mijn schuld,' herhaalde hij luider. 'Ik heb het gewild. Ik heb het gedaan.'

'Wat een onzin,' zei Anna.

'Nu gaat Millemorti niet door.'

'Maar wat heb je dan gedaan?'

'Ik heb de lawine gewild.'

'Door te willen alleen kan toch geen lawine worden veroorzaakt. Dat is bespottelijk!' Daniele was in de war; deze zelfbeschuldiging en de geruchten die de ronde deden over zijn verminking maakten psychiatrische hulp noodzakelijk.

'Daniele, je bent moe. Maar alles komt goed. Het zijn enerverende dagen geweest. We zijn allemaal van streek door de lawines en de dood van mevrouw Wassermann en we maken ons allemaal verwijten. Maar we kunnen het niet helpen. De natuur stelt ons grenzen. We moeten het noodlot aanvaarden. Er gebeurt wat er gebeurt.'

'Dat is niet waar! En als het waar is, mogen we daar geen genoegen mee nemen!' Hij sprong van zijn stoel. 'Gaat u alstublieft weg, Frau Doktor.'

'Probeer rust te vinden, Daniele.'

Dit keer liet hij haar gaan. Door de gesloten deur heen hoorde Anna nog hoe hij haar nariep: 'Er is geen plek. Nergens.'

'Lieve Froukje,

Je weet waarschijnlijk hoe moeilijk het soms is mensen die je het meest na staan, in vertrouwen te nemen. Het is veel makkelijker praten tegen een schip dat in de nacht voorbijgaat en nooit weerom komt. Vroeger dacht ik dat jij mij het meest na stond; daarom heb ik waarschijnlijk zo zelden mijn ziel blootgelegd. Of gaat deze paradox je te ver? Nu de afstand tussen ons in ieder opzicht groot genoeg is, kan ik je vertellen wat mij (en anderen) is overkomen.

Ik stel mij voor hoe je dit leest. De aanblik alleen al van dit crisispapier is een belediging voor je smaak, en de geur – je ruikt aan alles, wist je dat? – van gewoonheid rimpelt je neus. Als er weinig te doen is in de galerie, en meestal is dat zo, ook al ontken je het, ga je koffiezetten en lees je de post bij je eerste espresso. Heb je veel afspraken, dan kom je pas aan mijn brief toe als je met een wodka-ijs tussen de zwartsatijnen lakens ligt. Ik hou van zwartsatijnen lakens. Ik verlang ernaar, maar zij zullen mij nooit meer smaken als vroeger.

Mijn hoogmoed is bestraft. In mijn vorige brief schreef ik je dat het isolement me benauwde en dat de mensen me tegenstonden. Ik beklaagde me over mijn machteloosheid, maar kon ook niet weg komen. Van mij mocht dit oord van de kaart worden geveegd. Mijn wens is bijna in vervulling gegaan. De gebeurtenissen in het dal hebben nationale en misschien zelfs internationale bekendheid gekregen. Is het laatste het geval, dan vertel ik je niets nieuws als ik je zeg dat twee lawines Chiavalle hebben getroffen en dat er een slachtoffer is gevallen. Zijn jullie bezorgd geweest om mij? Of was het amusant mij te midden van natuurgeweld te weten? Het kan mij niet schelen wat je dacht. Wat gebeurd is, is gebeurd. Het heeft geen zin te speculeren over de mate waarin ik heb afgeroepen wat me overkwam. Verlangens en spijt leggen geen gewicht in de schaal. Maar hoe duid ik de gebeurtenissen, opdat ik weet wat ik moet doen? Welke samenloop van omstandigheden, van tijd, van plaats, van handeling, van karakters, heeft bewerkstelligd dat ik op dit uur naar jou schrijf en weet dat ik een ander ben dan die jij kent. En wat betekent dat? Of is samenhang toeval, een kristal in de rots?

Ik heb macht willen uitoefenen, schoonheid beschrijven, bergen bedwingen, een man bezitten, in een gemeenschap wortelen. Daar heb ik mijn best voor gedaan. Maar het is: het noodlot tarten en merken dat het onverschillig is. Want er valt niets te buigen aan het noodlot dat als een afzonderlijk spoor parallel loopt aan het plan dat je zelf voor je leven trok. Je denkt te sturen, "meester" te zijn zoals treinmachinisten veelzeggend genoemd worden, maar je wagon neemt steeds een onverwachte wissel, je hebt niets in te brengen. Er gebeurt.

Mijn aanwezigheid lokte reacties uit. Als actie reactie is, dan ben ik te gulzig geweest, want de een na de ander heeft me verstoten. Mijn boek ben ik niet eens begonnen. Nog steeds zwerft mijn koffer materiaal ergens tussen Utrecht en Chiavalle. Mijn wandelingen in het gebergte hebben mij aan de rand van uitputting gebracht. Als de invloed van een mens op wat gebeurt gering is, wat doet een mens dan met gebeurtenissen? Betekenis geven. Benoemen. Wat een naam heeft, bestaat. Het is object en krijgt een plaats. Met de moed der wanhoop wordt structuur afgedwongen, omdat in een structuur ieder onderdeel onmisbaar is. Blijft de vraag wie dwingt, wie noemt, en wat zijn plaats is. Geef eens een adequate beschrijving van het ik. In gedachten hoor ik je uit de tweede hand een beroemd psychiater citeren. Ik heb geen vertrouwen in die kwakzalver. In niemand meer.

Wat kan een mens doen als hij met de rug tegen de muur staat? Ik zie drie wegen. De een is: berusten in het lot, aanvaarden wat komt zoals het komt. De tijd uitzitten. De tweede weg is de weg van de opstand: wat onrechtvaardig is bestrijden, wat onverschillig is uitdagen, wat vijandig is verslaan. De derde weg is: het toeval uitbuiten, de gebeurtenissen buigen in je voordeel, zorgen dat je er beter van wordt. Voor elke weg valt iets te zeggen. De laatste weg heeft iets taais; het is het leven zelf dat zich niet laat vernietigen, dat streeft naar zelfbehoud. De tweede weg is heroïsch en groots; het is de weg der helden, die voert naar een vroege dood en een eeuwige vergeefsheid en naar terreur. Het is de weg van de compromislozen, zonder wie deze wereld onleefbaar zou zijn, maar ook de weg met de meeste risico's. Want wie bereid is het eigen leven te geven voor een ideaal, is bereid uit naam van dat ideaal het leven van anderen te nemen. Van nature ben ik geneigd tot de strijd, hoewel ik geen heldin ben. Ik hecht aan principes, maar schrik terug voor de bloedige gevolgen. Sommigen nemen het risico. Ik ken iemand die welhaast onder de last bezwijkt. In de praktijk komt het er voor de meesten van ons op neer dat wij geen keuze kunnen maken en als gekken rondjes rennen op de driesprong.

Ter zake: in dit dal ontdekte ik liefde. Maar de lawine maakte een eind aan veel dingen, schreef hij. Bijvoorbeeld aan het leven van Nicole, de vrouw van dokter Wassermann, en aan mijn korte verhouding met Hans Hartog. Op andere tijden en andere plaatsen zou ik mij misschien beter te weer hebben kunnen stellen, maar niet nu. Ik was kwetsbaar als een zieke hinde. Daarom schrijf ik je deze onsamenhangende brief, terwijl ik in het kreupelhout mijn wonden lik.

Ik zit op de eerste verdieping van mijn vakantiehuis. De schoonmaakploeg van de huiseigenaar heeft de benedenverdieping, waar ruim een meter modder stond, onder handen gehad, maar alles is zo vochtig dat ik de ramen tegenover elkaar heb opengezet om de boel te laten drogen. En nog heb ik het idee dat ik spontaan in schimmels uitbarst als ik langer dan een halfuur beneden ben. In de kelders klotst het. Het hele dorp dampt in de zon. Bij de slager hoorde ik een merkwaardig gerucht: de lawine bij Selva, die bijna het huis van Hans Hartog trof en die Nicole bedolf, schijnt door mensenhand te zijn veroorzaakt. Door tegenstanders van het project-Millemorti, een plan voor skiliften en een vakantiedorp. Er wordt zelfs beweerd dat Hans Hartog de dader is. Ik heb het tegengesproken, maar dat had een averechts effect. Hij is gebrandmerkt. Als ik hem was, zou ik het dal verlaten, maar ik denk niet dat hij het doet. O Frouk, ik hou van hem. Vroeger was de liefde koketterie en ijdelheid, oppervlakkige lust en ritueel. De liefde was vluchtig, beklijfde nooit. Ik vrees dat de weerbarstigheid waarmee Hans zich in mij heeft genesteld garant staat voor de duurzaamheid.

De dokter is mijn buurman. Toen Nicole leefde, klonk haar muziek dag in dag uit. Nu is het stil. Geen diepere stilte dan die waar herinnering klanken hoort. Ik ben hem gaan opzoeken gisteravond. Wist met mijn houding geen raad. Hoe doet men zoiets ook weer in Amsterdam? Hij was vriendelijk en maakte mij het bezoek gemakkelijk door naar mijn gezondheidstoestand te vragen (die hij waarschijnlijk beter kent dan ikzelf) en naar mijn plannen. Hoe moet je troosten wie niet over verdriet praat? Hij speelde voortdurend met een marmeren ei. Juist toen ik weg wilde gaan, begon hij over Hans. "Hans weigert te lijden," zei Wassermann. "Wat hem te na komt, stoot hij af, voor hij zich kan hechten. Hij heeft gelijk, weet ik nu." Ik vroeg mij af wat ik aan die opmerking had. Enerzijds begrijp ik dat de pijn om het verlies van een geliefde ondraaglijk is, anderzijds ergert mij de lafheid en het egoïsme, die het uitgangspunt vormen van verdrietpreventie. Bovendien zijn dergelijke rationalisaties onhoudbaar. De mens is veroordeeld tot de ander. En zodra je een hand uitsteekt, word je je bewust van de ruimte die je van hem scheidt. Het duizelt je. De behoefte bij iemand te horen is nooit volledig te onderdrukken en nooit volledig te bevredigen. Hans zoekt de luwte met de wind in de rug. Ik begrijp waarom: bij het bombardement op Rotterdam heeft hij zijn ouders verloren; hij was vier, hij heeft de stad zien branden. Maar het maakt me ook razend. De postbode zei: "We mogen geen genoegen nemen met het noodlot." We moeten blijven protesteren. De liefde moet sterker zijn dan het lijden en dan de angst. Wat een grote woorden! Ik heb geen andere op dit moment. Als ik terug ben, zal ik weer spoedig mijn oude, grappige zelf zijn.

Bovenstaande overwegingen heb ik je op goed geluk mee willen delen. Het leven is mooi. Ondanks alles. Ondanks de dood. Dank zij de dood. Anna.'

Het gemeentehuis van Chiavalle had in de drie eeuwen van zijn bestaan maar één keer eerder zo'n menigte geherbergd. Dat was in 1768 bij het proces tegen de beeldschone Maria Bontognali uit Cologna die van hekserij werd beschuldigd. Zij was de laatste in een lange reeks, en hoewel men dat ten tijde van het proces nog niet wist, voorvoelde de bevolking dat die folklore uit de tijd raakte en dat men zich dit fraaie heksje niet mocht laten ontgaan. De reuring waarop de massa nu hoopte verschilde in niets van de morbide belangstelling destijds voor Maria Bontognali. De geruchten over de dam in de Caral hadden hun werk gedaan. Het volk rook bloed.

De raadszaal was een gewelf met kleine ramen en dikke muren waardoor het binnen altijd koel was; de vloer was van onregelmatig uitgesleten natuursteen. De wanden waren witgepleisterd, maar nu uitgeslagen door het vocht. Vanaf het hoogste punt in de zoldering hing een grote koperen kroon met permanent brandende lampjes. Drie zware, donkerbruine reftertafels stonden in u-vorm tegen de noordelijke muur met de opening naar het midden. Voor het publiek was er buiten de gebruikelijke twee rijen stoelen een groot aantal banken bijgeplaatst. En dat was nog niet genoeg. Tot op de gang stonden de belangstellenden.

Pandolfi's aankomst – zijn eerste verschijning in het openbaar na zijn hartaanval – ontlokte de aanwezigen een applausje. Het eerbetoon nam hij geroutineerd in ontvangst en hij knipoogde naar Graziani. Isabella had zich in opzichtig wit gekleed en was vroeg gearriveerd, ze zat op de eerste rij. Zannoni kon zijn ogen nauwelijks afhouden van zijn *neige d'antan*. Haar vibraties trilden bressen in zijn pantser. Hoe zou zij hem de rug toekeren als hij straks Millemorti verdedigde! Welk een verachting uit de bruine eekhoornogen zou zijn deel worden! Hij draaide ongemakkelijk in zijn stoel en zocht in de zaal een bemoedigender houvast. Pandolfi knikte hem minzaam toe, ten teken dat het vertrouwen - voorlopig - was hersteld; het hielp de burgemeester niet. Graziani bereidde zich op zijn speech voor door met een zuinig mondje zijn paperassen telkens weer te ordenen; hij speelde een gewichtige rol en iedereen mocht dat weten, hij keek dus niet op of om. Spavento, die gewoonlijk aan de rechterzijde van de drogist zat, was afwezig. Hij was vóór Millemorti, maar tegen de wijze waarop het spelletje werd gespeeld, en liever dan openlijk zijn mening tegenover die van Graziani te stellen koos hij voor de veiligheid van een zakenreisje naar Milaan dat geen uitstel duldde.

In de week voorafgaand aan de raadsvergadering had de socialist Gelosi de burgemeester afgeraden Millemorti op de agenda te plaatsen. 'Het is niet eerlijk, Zannoni. Er gaat een beslissing genomen worden op grond van onbewijsbare geruchten. Niet op grond van feiten. Niet vanuit een principe, maar impulsief. Als we moeten verliezen: het zij zo. Maar ik wil alleen verliezen in een sportief gevecht. Daarvan kan nu geen sprake zijn. Dit is de democratie onwaardig.' In zijn hart was Zannoni het met Gelosi eens, maar de druk die werd uitgeoefend door de andere partij was te groot. Zijn behoefte aan wraak op Isabella, die in haar aanwezigheid danig verslapte, was een tweede reden om Gelosi's verzoek af te wijzen. Daarom ontweek Zannoni diens blik.

Beniamino Pandolfi, die nog niet geheel was hersteld, zat naast Hans Hartog. Om hen heen werd een ruimte opengelaten die door niemand werd opgevuld, hoe druk het ook was. Ook van hen kon Zannoni geen steun verwachten. Op wie kon hij rekenen? Hij zuchtte. Zo was het nu eenmaal. De mens is de mens een wolf. Hij kreeg een scherp inzicht in de eenzaamheid van iedere aanwezige en hij schoot vol uit medelijden met de mensheid en vooral met zichzelf. Om acht uur liet hij de deuren sluiten en hamerde hij ten teken dat de vergadering begon. Hij stond op en ging het gezelschap voor in gebed om Gods zegen over de beraadslagingen af te smeken.

Bij zijn inleiding op punt drie van de agenda: wijziging bestemmingsplan Millemorti, beperkte hij zich tot een korte, feitelijke toelichting. Het voorstel was om financiële redenen op de agenda geplaatst. Wanneer de aanbesteding nog voor het einde van het jaar plaatsvond, kon de gemeente gebruikmaken van een uiterst ingewikkelde subsidieregeling, die, naar uit Bern verluidde, spoedig zou worden opgedoekt. De lawine had geen enkele invloed gehad op die bestuurlijk-technische beslissing. Hij liet het aan de raad over een inhoudelijk debat aan te gaan over de wenselijkheid van de bestemmingswijziging. Daarbij zouden de heren zeker kunnen abstraheren van de troebelen die waren voorafgegaan aan de lawine. Vakkundig laveerde hij tussen de klippen van het pro en contra. Hij voelde de doordringende blik van Pandolfi op zich gevestigd, maar evenzeer die van Isabella. De zweetdruppels parelden op zijn voorhoofd. Het koele gewelf was door het grote aantal aanwezigen warm en vochtig geworden.

Gelosi herhaalde de oude argumenten tegen het plan: onherstelbare aantasting van het leefmilieu en het karakter van het dorp, verkeerscirculatieproblemen, uitlaatgassen, zure regen, toenemende criminaliteit. Wel wetend dat Graziani de geruchten in zijn voordeel zou gebruiken, ging Gelosi in op de oorzaken van de lawine, juist op een plaats waar het vakantiedorp gepland was. Het was zijns inziens een combinatie van uitzonderlijk nat en zacht voorjaarsweer, ontbossing, erosie en instabiliteit van de bodem. Onkundig beheer van de aarde en haar rijkdommen had de problemen veroorzaakt. Het evenwicht was verstoord. Niet langer streed de mens tegen de krachten van de natuur, maar de natuur tegen de krachten van de mens. De geruchten over de dam in de Caral liet hij voor rekening van de verspreider, die baat had bij het geloof aan praatjes. Hij kon zich niet voorstellen dat de raad het absoluut onwaarschijnlijke verhaal als feit zou accepteren. Liever dan een besluit te nemen op het moment dat de zaak nog niet tot op de bodem was uitgezocht, stelde hij voor het bestemmingsplan aan te houden. Het financiële argument van de burgemeester om het voorstel nu te behandelen sneed geen hout. Er was helemaal geen subsidieregeling waarop aanspraak gemaakt kon worden. Zannoni trok een beledigd gezicht en vooraleer hij het woord aan Graziani gaf, merkte hij op dat hij het zich niet kon veroorloven te liegen.

Graziani begon met een lange effectvolle stilte, waarin hij zijn blik langs de aanwezigen liet gaan. Hij zette de borst uit en leek vijf centimeter te groeien. Hij begon op kalme en zakelijke toon; de kracht van de rede moest het volk overtuigen. De klank in zijn stem boezemde vertrouwen in. Hij had er flink op geoefend. De argumenten voor het project-Millemorti liet hij snel de revue passeren. Evidentie behoefde geen nadruk. Maar na peinzend het gewelf ingekeken te hebben tijdens een korte pauze waarin hij deed of hij aarzelde, begon hij met iets gedrevener stemgeluid aan het tweede gedeelte van zijn toespraak: 'Onze gemeenschap heeft geleden. Vele dorpsgenoten hebben have en goed beschadigd en verloren zien raken. Dierbare herinneringen zijn meegesleurd door het water. Kostbare voorraden en meubelstukken konden op de vuilnishoop worden gegooid. De schrik en verbijstering van die lawinenacht zullen ons een leven lang bijblijven, om nog maar te zwijgen van de rouw waarin wij gedompeld zijn door de dood van mevrouw

Wassermann. Dat is allemaal verschrikkelijk. En te verschrikkelijker is het, omdat de lawine bij Millemorti het werk moet zijn geweest van een morbide geest, die om de eigen zin door te drijven het leven van velen in de waagschaal heeft gesteld. Wie is die misdadiger, die het recht op de naam mens heeft verspeeld? Wie is zo diep gezonken en zo goddeloos dat hij durft te spelen met de natuur, durft in te grijpen in het werk van Gods hand, welke duivel heeft dat gedaan? Ik kan mij niet voorstellen dat iemand die in dit dal geboren en getogen is zou wagen een vinger uit te steken naar de heilige geboortegrond, naar het gemeenschappelijk bezit, naar ons leen van God, onze grond, onze rivieren, onze bergen...'

'Onze heilige grond! Onze heilige bergen! Hypocrisie!'

Vanuit een hoek, waar hij door niemand was opgemerkt, schoot de kleine postbode naar voren en plaatste hij zijn compacte gestalte midden in de arena van de raadstafels. Bode van het onheil. Zijn stem was schril. 'Wie durft spreken van ons gemeenschappelijk bezit!? Jullie zijn sjacheraars. Alles is te koop. Tegen elke prijs. Jullie verraden je vrienden, bedriegen jullie vrouwen en zijn blind voor waarheid en schoonheid!'

Hij stak zijn arm beschuldigend uit en wees naar het geschokte publiek.

'Heilige grond! Heilige rivieren! Heilige bergen! Je mag niets heilig noemen als je niet bereid bent je leven ervoor te geven. Je mag niets heilig noemen als je niet bereid bent het heilige te vernietigen om het verkrachting te besparen. Zoals ik! Zoals ik!'

Puccio's stem, die de ruimte tot in alle hoeken vulde als de klanken van een doedelzak, sloeg over. Hij droeg geen zonnebril meer, zijn ogen waren ontstoken. Terwijl Hans Hartog opstond en op Puccio toeliep, begon Zannoni te hameren en om orde te roepen. Graziani was rood aangelopen.

Het publiek mompelde en fluisterde in een aanzwellend gemurmel.

'Kom mee, Daniele,' zei Hans. Hij sloeg zijn arm om de schouders van de bevende Puccio en leidde hem weg. Puccio keek hem aan alsof hij uit het diepst van zijn geheugen de herinnering moest putten aan de plaats waar hij zich bevond en de man die hem vasthield. Opeens kwam hij tot bezinning. Het hoofd ging tussen de opgetrokken schouders, zoals een schildpad het kwetsbare kopje onder het schild terugtrekt. Hij sloeg zijn ogen neer en liet zich gedwee naar buiten voeren. De afkeuring van de menigte was voelbaar; een enkeling lachte spottend.

De vergadering werd hervat, maar Graziani's *finest hour* was voorbij. Zannoni bracht het voorstel in stemming. De meerderheid van de raad was voor wijziging van het bestemmingsplan-Millemorti. Na afloop van de vergadering werd het incident-Puccio door iedereen besproken, maar niet lang. Hij was altijd een buitenbeentje geweest; hij hoorde in het straatbeeld; elk dorp heeft zijn curieuze figuren, en moet daar zelfs zuinig op zijn. Maar de dorpsgek wordt niet serieus genomen, zijn gezelschap wordt niet gezocht. Daniele Puccio moest de post op tijd bezorgen. Meer niet. Niemand nam zijn woorden ter harte, niemand voelde zich beledigd. Niemand trok zich zijn lot aan.

Brief van Daniele Puccio aan Daniele Puccio

                                          1 augustus

'Caro,

Er is een zekere rust over mij gekomen. Of is het vermoeidheid? Hans bracht mij thuis. In de modderige tuin van het buurhuis zat Anna; de avond was zoel. Ze groette mij nauwelijks, natuurlijk omdat Hans bij me was; ze wist niet hoe ze moest kijken. Jij zei al dat er meer was dat hen scheidde dan dat hen bond. Dat wil niet zeggen dat haar verdriet mij niet trof. Mijn hart ging naar haar uit. Tot mijn verbazing was ik in staat tot medelijden, want de gebeurtenissen in de raadszaal hadden mij uitgeput en elk gevoel in mij gedoofd.

Hans bleef bij me. Ik was verlegen met zijn grote gestalte in mijn poppehuishouden. Wanneer hebben we voor het laatst bezoek ontvangen? Dat is jaren geleden, toen de kinderen uit de buurt soms binnenkwamen om een snoepje, voordat het hun door hun ouders verboden werd. Ik wist niet wat ik moest zeggen. Was ik hem een verklaring schuldig? Een excuus? "Hoe voel je je nu?" vroeg hij. "Goed," zei ik. "Wil je dat ik Wassermann roep?" Ik schrok. In godsnaam niet! Ik kan de blik van die man niet verdragen. "Nee, nee, niet nodig." "Heb je een borrel in huis?" vroeg Hans. Hij keek rond en ik zag zijn verbazing om mijn boekenkast. Niemand kent ons. "Alleen wijn." Ik dacht dat hij iets wilde drinken en bood hem een glas wijn aan, maar hij sloeg mijn aanbod af; hij wilde míj alleen maar wat laten drinken. "Ik moet zo weg," zei hij. Hij bleef staan, wilde mij iets vragen. "Waarom heb je het gedaan?" vroeg hij. Zoals Anna had gevraagd. Maar wat bedoelden ze? Naar de beweegreden van welke daad vroegen ze? Hoe diep wilden ze in mij doordringen? Wilden ze het echt weten? "Waarom wil je het weten?" Hij haalde zijn schouders op. "Zomaar. Ik wil weten of het waar is." Dat dacht ik wel. Daniele Puccio kon hem niets schelen. Zijn vriendelijkheid was hem niet ingegeven door naastenliefde, maar door eigenbelang. Hij wilde zichzelf vrijpleiten. Hij wilde met mijn verhaal de ronde doen langs de instanties. Hij zou me gek laten verklaren, op laten bergen. Geef mij liever de vijandschap van onverschilligen dan de belangstelling van egoïsten! Hij is niet te vertrouwen. Niemand is te vertrouwen. "Natuurlijk is het niet waar," zei ik en keek hem strak aan. Mijn hart bonsde; mijn handen jeukten. Ik werd bestormd door tegenstrijdige gevoelens. Ik wilde mij in zijn armen werpen, zoals een zoon zich in de armen van zijn vader werpt. Om troost. Om vergiffenis.

Och, sloeg hij zijn armen om mij heen en kuste hij mijn hoofd! Och, was ik veilig en beschermd! Maar tegelijkertijd wilde ik hem aanvliegen, mijn handen schroeven rond zijn hals en hem de keel dichtknijpen. Hij zou zich schudden als een buffel die de klauwen van de tijger in zijn nek voelt. Maar ik laat niet los. Ik graaf mij in zijn vel als een parasiet. Hans knikte een paar maal. "Kan ik nog iets voor je doen?" "Nee, niets." Hij ging weg. Ik vloog naar het raam om te zien of hij naar Anna zou gaan. Ze zat niet meer in de tuin. Hans liep voorbij zonder opzij te kijken. Haastig. Ik ben moe. Laten wij vrede sluiten met elkaar. D.'

Hoofdstuk 8

Sinds Nicoles verdwijning keek Thomas Wassermann elke ochtend voor hij naar het ziekenhuis ging en elke avond voor het slapengaan langdurig in de spiegel. Hij had de spiegel gebruikt als hulpmiddel bij het scheren en bij het strikken van een das. Hij had zichzelf ouder zien worden, maar nooit stilgestaan bij het verglijden van de tijd. Het langzame verval van al het organische was vanzelfsprekend. De dood kwam hij zo vaak tegen dat deernis en opstandigheid nutteloos waren geworden. Hij was de dood gaan beschouwen als een onopgelost wetenschappelijk probleem. Over zijn eigen dood dacht hij niet na. Maar de dood van Nicole kon hij niet opbergen in zijn systeem. Het had hem jaren gekost haar enigmatische aanwezigheid een plaats te geven; haar dood sloeg een gat in zijn wereldbeeld. Hij dacht dat zij de kroon was op zijn bouwwerk, zij bleek het fundament te zijn. Vroeger paste alles. Wat zich niet vanzelf voegde, legde hij op het Procrustesbed van zijn ordening. Maar de stilte in huis en het ontbreken van haar geur en warmte lieten geen bewerking toe. Wat niet was, kon niet passend gemaakt. Wat niet was, werd daardoor onbuigzamer aanwezig. Kijkend naar zijn eigen spiegelbeeld probeerde hij te vangen wat hem ontsnapte.

Het gezicht dat hem aankeek, was haar vertrouwder geweest dan het hem was. Zoveel meer tijd had zij besteed aan het kijken naar hem dan hijzelf. Door te kijken naar wat zij zag, probeerde hij haar op te roepen. Maar hij zag haar niet.

Hij raakte zijn spiegelbeeld aan en trok met zijn wijsvinger de omtrek van zijn gezicht.

Zolang hij de taken vervulde die de werkelijkheid van alledag hem stelde, hield hij de verwarring op afstand. Hij bleef langer dan vroeger in het ziekenhuis, liet minder over aan de nonnen. Thuis deed hij het huishouden met groter zorg en precisie dan hij gewend was. Hij telde hardop de stappen die hij van de kamer naar de keuken zette; hij begeleidde zijn bewegingen met mompelend commentaar. Alles moest opnieuw benoemd, de stilte gevuld met nieuwe namen. Het was onbegonnen werk. Ze was niet op te roepen en ze was niet uit te bannen. Er was geen woord voor haar afwezigheid. Verlangen was voor Wassermann 'willen' geweest, en willen was 'nastreven' en 'bereiken'. Nicoles verdwijning in de onmetelijke ruimte leerde hem een andere betekenis.

Als hij in de spiegel keek zag hij de ogen van de man die schreeuwde tegen een onbekende God, die de eens bezielde klei de adem had ontnomen. Hij blies. Zijn gezicht verdween achter condens. Hij blies weer. De mist werd dichter. In de waas schreef hij haar naam.

Op de ochtend van de eerste augustus wachtte Immaculata de dokter op bij de deur van het ziekenhuis.

'Martha Monigatti belde daarnet. Of u komt.'

'Is er haast bij?'

'Ja. Ze zei...'

'Wat zei ze?'

'Ze zei letterlijk dat God haar riep, maar ze wilde voor ze gehoor gaf, zei ze, nog met u praten.'

Onwillekeurig glimlachte Thomas. Immaculata vond de reactie niet gepast. 'Het lijkt me nauwelijks een reden voor vermaak,' zei ze bestraffend, maar ze schrok van haar vrijpostigheid. 'Neem me niet kwalijk, dokter.'

Verstrooid wuifde Wassermann haar weg.

Hij nam de motor en reed net als enkele weken tevoren de oude weg naar Angeli Custodi. Het eerste deel was getekend door de sporen van de lawine. De velden en de wegen en de huizen waren zwart van de modder. Overal lagen rotsblokken, ontwortelde bomen, karkassen van auto's. Het was vroeg, maar de zon was al warm. Bij San Carlo werd het landschap schoon. De weiden geurden. De hooioogst was begonnen. Als hij langs beschutte, warme plekken reed, hoorde hij boven het kabaal van de motor het tsjirpen van de bergsprinkhanen. In de verte zag hij een sperwer biddend boven de berm staan en zich plotseling naar beneden storten op een nietsvermoedende veldmuis, waarvoor het laatste uur geslagen had. Zo wachtte Martha's God tot Hij haar van de aardbodem weg zou vagen, zo had Nicoles dood gewacht op de berghelling. Op een dag was het zijn beurt. Hij maakte een snelle berekening. In deze seconde stierf een handvol mensen, en opnieuw de volgende seconde, en weer en weer. Elke minuut verlieten honderden zielen hun kooi, honderden monden sperden zich open in een kreet, honderden ogen braken. Elke minuut weer. Dag in dag uit. Terwijl de aarde zich met duizelingwekkende snelheid voortbewoog door een eindig heelal, tollend om de eigen as, domweg voortrazend, blind en doof, vulde Wassermanns hoofd zich met het lawaai van de dood. De vogels floten in het rijke groen en de vuurlelies stonden als grote, oranje spikkels in ongemaaide weilanden.

Hij reed het rulle pad naar Martha's huis op. Stof wolkte achter de motor. Niemand kwam hem tegemoet. De deur was niet op slot. Hij duwde hem open en ging naar binnen. Hij verwachtte de geur van de naderende dood maar rook kamferspiritus, oude fluwelen gordijnen, kattebak en gras.

'Martha!' riep hij. 'Ik ben het, Wassermann!'

Hij liep door naar de slaapkamer. Martha Monigatti lag

in bed, het grijze haar in een vlecht over haar schouder, haar kromme handen gevouwen op het dek.

'*Bondi*, dokter. Fijn dat u gekomen bent. Straks komt mijn dochter uit Zürich. Ik heb haar gebeld.'

Wassermann kwam dichterbij. De gordijnen voor het kleine raam in de dikke muur waren open. Vanuit haar bed had Martha uitzicht op de bergen, die in deze kloof steil oprezen. De slaapkamer stond vol snuisterijen, vazen met veren, schedels van hazen en herten, foto's van kleinkinderen en katten, heiligenbeeldjes, doosjes en potjes, kastjes en stoeltjes. De wanden waren bedekt met schilderijen, voornamelijk berggezichten. Alles zag er schoon, glimmend, veelbekeken en teerbemind uit.

'Wat is dat, Martha? Immaculata zei me dat je Gods stem had gehoord.'

Martha lachte.

'Ja. Hij klinkt nog niet dringend, maar het is wel duidelijk.'

'Moet ik dat geloven? Hoe vaak heb je Zijn stem niet gehoord en hoe vaak was het niet vals alarm?'

'Ik weet het. We waren Hem samen te slim af. God laat nog weleens met zich sollen. Maar als de mens het zelf opgeeft, dan is het menens.'

Wassermann trok een stoel bij, ging naast het bed van Martha Monigatti zitten, nam haar hand en voelde haar pols. De huid was koel en klam, maar het hart klopte regelmatig. Hij had dit eerder meegemaakt. Enkele jaren geleden had een oude man in het bejaardentehuis zijn kinderen gevraagd de kist vast te bestellen. 'Ik ga naar moeder,' zei hij, terwijl niets erop wees dat zijn leven ten einde was. Hij zette zich in zijn stoel bij het raam, vlocht een rozenkrans tussen zijn vingers en bad. Eten deed hij niet meer, drinken nauwelijks. 's Nachts legde hij zich even ter ruste en sluimerde hij, maar bij het krieken van de dag keerde hij terug naar zijn leunstoel en zijn gebed. Drie dagen later vonden ze hem, een glimlach om zijn lippen, de rozenkrans stil tussen zijn vingers.

'Luister, dokter. Ik wil met u praten. U moet eerlijk tegen me zijn. Ik ga dood en tegen stervenden mag je niet liegen, ook niet om bestwil.'

Ze keek hem bijna olijk aan. Wassermann voelde zich een beetje opgelaten. Hij vreesde haar vragen, maar was niet van plan te liegen tegen Martha Monigatti.

'Gelooft u in God?'

Hij was blij dat het anders niets was.

'Nee,' zei hij. 'Jij wel, Martha?'

'Ik heb mijn zwakke momenten,' zei ze glimlachend. 'Gelooft u in een voortbestaan na de dood?'

'Nee.'

'Waar denkt u dat uw vrouw nu is, waar denkt u dat ik zal zijn?'

'Mijn vrouw is... nergens. Haar lichaam is begraven onder een stroom modder en aarde... Ik weet niet waar.' Het kostte hem moeite te spreken. Alsof hij haar begroef onder de woorden.

'Hebben wij een ziel?'

'Ik weet niet wat een ziel is, Martha.'

'Wat is het verschil tussen leven en dood, dokter?'

'Is er verschil, Martha?' Zijn ogen vulden zich met tranen.

'Er is iets geks aan de hand. Ik verlang naar de dood, en niet het dood-zijn vervult mij met verdriet, maar het geleefd hebben. Begrijpt u wat ik bedoel? Mijn kinderen zullen een maand om mij rouwen. Ik blijf nog even in hun herinnering, en dan verbleek ik en ben ik uitgewist. Ik denk alvast vooruit voor als ik dood ben en niet meer denken kan. Het is zo vreemd, dokter.'

'Het ligt in de orde der dingen.'

'Wat is de orde der dingen?'

'Wat gebeuren moet.'

Ze keek hem lang aan en zei: 'Dat is waar. Veel staat

vast. Maar waar staat dat we geen verdriet mogen hebben?'

Ze waren een tijd stil. De hand van de oude vrouw rustte in de zijne.

'Weet u, dokter,' zei Martha, 'Ik ben helemaal niet dapper, hoor. Ik ben vreselijk bang. Sterven is moeilijk, ook als je er vrede mee hebt. Dat laatste moment, dat moment waarop je adem stokt, en je probeert nog een keer, en het gaat niet... daar ben ik bang voor.'

'Ik zal bij je zijn, Martha. Ik zal je helpen.'

Wassermann bleef lang wachten bij de oude vrouw, tot haar dochter kwam. Toen hij wegging, kuste hij Martha Monigatti op het voorhoofd. 'Wees maar niet bang, Martha. Wees maar niet bang.' Meer wist hij niet te zeggen. Terwijl hij terugreed, zag hij voor het eerst haarscherp Nicole voor zich. Het benam hem de adem.

Hans Hartog had sinds de lawinenacht Wassermann niet meer gezien. Hij was nauwelijks beneden in het dal geweest, maar had onvermoeibaar geholpen bij het vrijmaken van de weg naar Selva. Iedere greep die de graafmachine deed, bezorgde hem een scherpe pijn in zijn ingewanden en angstig keek hij elke lading grond na, bedacht op het zien van een hand, een been, een lok haar van Nicole. Ze vonden niets. En hij durfde niet naar Wassermann te gaan. De dood zonder afscheidsritueel bakende geen toekomst af. Maar Wassermann had hem gebeld en gevraagd of hij wilde komen schaken.

Het was 1 augustus, het feest van het eedgenootschap. Uit de torens van kerk en gemeentehuis staken drie vlaggen: een met de sleutels van de stad, een met de steenbok van het kanton, en de rood-met-witte vlag van het land. Elk café, elke winkel en elk bankfiliaal had de vlag uit. Wie geen echte vlag had, stak papieren vlaggetjes tussen de hanggeraniums in de vensterbanken. Het dorp was gehavend maar het feest van de saamhorigheid kon met meer voldoening dan ooit gevierd worden. De onderlinge problemen behoorden tot het verleden en leken veeleer ontstaan door het sombere, natte voorjaar dan door fundamentele meningsverschillen. De aardverschuivingen hadden hun in gelovige gemeenschappen traditionele functie vervuld; de waarschuwing van de godheid was begrepen, het orakel was uitgelegd in het voordeel van de macht. Wie wat weg moest slikken deed dat tijdens de feestelijke maaltijden, die families en vrienden herenigden. De mensen liepen op straat en groetten elkaar alsof er niets was gebeurd.

De vroege avond was nog warm. Voor het bankfiliaal op de Piazza da Cümün waar twee weken geleden rotsblokken de ingang versperden, was een houten podium opgericht. De microfoon, die Zannoni voor zijn jaarlijkse toespraak gebruikte, werd getest. Een snerpende fluittoon klonk af en toe boven het geroezemoes uit. De toegangswegen tot het centrum waren voor verkeer afgesloten. De straat naast de bank stond vol turntoestellen, een vast onderdeel van de jaarlijkse festiviteiten was de demonstratie van de gymnastiekvereniging. In de hal van het gemeentehuis oefende de volksdansgroep. Zwetende mannen hesen een piano het podium op. Kinderen in zondagse kleren speelden krijgertje en liepen iedereen voor de voeten, terwijl hun ouders op de terrasjes van Semadeni, Albrici en de nieuwe pizzeria zaten. Oudere jongens en meisjes stonden op straathoeken en daagden elkaar uit. Meisjes liepen arm in arm. Jongens floten en lachten. Ze monsterden elkaar alsof ze elkaar niet kenden en niet al tien jaar op dezelfde school zaten. Straks was er bal in Cinema Rio en de nacht was warm genoeg voor een vrijage in het bos.

Toen Hans Hartog de duistere hal van het grote doktershuis betrad, joeg de kilte een rilling over zijn rug. De geluiden van het feest drongen gedempt door. Deze wereld was gescheiden van die daarbuiten. Hij zag geen mogelijkheid ze met elkaar te verbinden. Wassermann wachtte hem boven aan de trap op. Het huis was hetzelfde. De dingen waren niet van plaats of vorm veranderd. De stilte suggereerde niet meer dan een pauze. Maar de stilte duurde en duurde en ging niet over. Pas toen de stukken op het bord stonden en de concentratie op het spel hun gedachten richtte, kwam iets terug van de vertrouwde sfeer.

'Heb je Puccio vandaag op je spreekuur gezien?'

'Nee. Niet gezien.'

'Heb je gehoord van zijn uitbarsting tijdens de raadsvergadering van gisteren?'

'Ja.'

'Ik maak me zorgen over hem. Wat is er waar van dat loog-verhaal?'

'Ik weet het niet. Het kan een ongeluk zijn geweest.'

'Maar ook opzet?'

'Mogelijk.'

'Als dat zo is, moet hij behandeld worden.'

'Hij moet behandeld willen worden.'

'Wil je eens naar hem toe gaan en naar hem omkijken?'

'Is er dan reden voor?'

Hans ergerde zich aan de onverschilligheid waarmee Wassermann over Puccio sprak. 'Natuurlijk is er reden voor. Hij zegt dat hij de lawine bij Selva heeft veroorzaakt en hij probeert zichzelf blind te maken. Hij krijgt bijna een toeval tijdens de raadsvergadering en zegt tegen mij dat alles gelogen is. Hij is gek, Thomas. Hij is gevaarlijk.'

Wassermann keek geschrokken op. 'Zegt hij dat hij de lawine bij Selva heeft veroorzaakt?'

'Wist je dat niet?'

'Ik wist alleen dat ze jou beschuldigden. Ik vond het belachelijk.'

'Kan Puccio het dan wel gedaan hebben? Dat is toch even belachelijk. Waarom zegt hij het? Hij moet een krankzinnige behoefte hebben om op wat voor manier dan ook in het centrum van de belangstelling te staan.'

Wassermann leunde achterover. Hij weigerde te denken aan de mogelijkheid van opzet. Maar waarom had hij de geruchten over Hans naast zich neergelegd en waarom bracht het bericht over Puccio hem alleen de irritante geluidloze alomtegenwoordigheid van de man in zijn gedachten? Hij onderdrukte een golf wraakzucht. Het zou te makkelijk zijn, het zou niet helpen.

'Ik zal met hem praten.'

Hans knikte.

'Het puin op Selva is geruimd. Ik ben weer over de weg bereikbaar.' Hij wist geen betere manier om Wassermann aanleiding te geven over de dood van Nicole te spreken. Maar Thomas zei niets; hij verzette een pion. In de verte hoorden ze versterkt en vervormd Zannoni's stem. In de avondhemel gingen de sterren aan.

'Ik heb altijd ontkend dat er een God is,' zei Wassermann, nadat de partij in remise was geëindigd, 'leven was een gelukkige combinatie van aminozuren. Dromen waren willekeurige ontladingen van fysiologische energie. Zonder betekenis. Het zoeken van betekenis in wat we meemaken vond ik primitief. Ik heb altijd gezegd dat het leven zinloos is. Als constatering. En zonder spijt. De kunst, de muziek, de literatuur, werk, het was voor mij in de meest letterlijke zin tijdverdrijf. Maar ik gunde anderen hun geloof en heb nooit geprobeerd iemand te bekeren tot mijn inzichten.' Wassermann zweeg. Hij stopte zijn pijp en zocht naar woorden.

'Toen ik Nicole ontmoette was mijn wereldbeeld compleet en onwrikbaar. Haar angsten, haar geobsedeerd zijn door muziek, heel haar bezeten wezen boezemden mij een mateloze verwondering in. Ik leerde haar bewaren en bekijken zoals een verzamelaar zijn kostbaarste bezit koestert. Ik bestudeerde haar en hield van haar als van een ding... Ik heb niet gemerkt hoe zij mij aantastte en mij veranderde, totdat het beter ging met haar en ik bang werd haar te verliezen...

Wat ik vroeger aanvaardde als de betekenisloze werking van het mechaniek, knaagt nu aan mij. Zij heeft mij haar angst en haar verlangen nagelaten. Ik wil niet meer dat de dood de dood is. Ik kan de dood niet meer in de ogen zien. Ik kan haar dood niet in de ogen zien.'

Hij stond op. Liep heen en weer. De pijp in zijn mond was uitgegaan. Hij legde hem in een asbak. Hans herinnerde zich de wanhopig gravende handen. Wassermann liep naar de gesloten tussendeuren en schoof ze vaneen. In de kamer erachter stond de vleugel, open.

'Vaak denk ik: ze is even weg, ze komt zo terug. Maar waarheen zou ze gaan? Ze komt niet terug; ik weet het. Toch hoor ik haar muziek. Het is goed dat ze haar niet gevonden hebben. Dit spoorloos verdwijnen hoort bij haar. Alsof ze mijn droom was. Niets zegt ons trouwens dat het niet zo was. Had ik haar lichaam gezien, bedekt met bloed en modder, dan had zij voorgoed haar bestaan bewezen en was zij niet weg te branden van mijn netvlies.'

Hij knikte een paar maal, zoals Nicole kon doen. Hij had ongemerkt het gebaar overgenomen. Verwonderd zei hij: 'Te hebben gedacht dat zij aards was en onderhevig aan de wetten van mensen. Ze was een spiegeling van lucht en water.'

Vanaf het plein weerklonk *Bella ciao*. Een koortje zong de coupletten en het refrein werd – net iets te langzaam - meegezongen door het publiek.

'Misschien moeten we even naar buiten gaan, Thomas. Je moet proberen gewone dingen te doen. Je niet afsluiten.'

'Hoor wie het zegt. Ik heb jou gebeld, weet je nog?' Hij glimlachte. 'Ik ga mee.'

Wassermann liep naar de vleugel, stak een hand uit naar de klep, aarzelde, wendde zich abrupt af en deed de schuifdeuren zorgvuldig achter zich dicht, alsof hij haar niet wilde storen.

Er stond een dichte haag mensen langs de zijden van het trapeziumvormige plein. De huizen rondom waren getekend door het water. Tot anderhalve meter hoogte waren de eens witte muren grijs en grauw. Kinderen, met grote starende ogen van de slaap, hingen op de rand van het podium of zaten op de schouders van vaders. Met open mond volgden ze de bewegingen van de volksdansers in klederdracht. Ze keken naar de huppelende voeten die ingewikkelde figuren beschreven en die het holle hout deden klinken. Op de balkons van de huizen rond het plein stonden de bewoners en hun families met glazen in de hand vanuit hun bevoorrechte positie de voorstelling te bekijken. Elk jaar hetzelfde schouwspel, dezelfde demonstraties, dezelfde toespraken, dezelfde mensen.

Hartog en Wassermann bleven aan de periferie staan. Terzijde van het podium stond de burgemeester in gezelschap van Graziani, Spavento, Pandolfi en notabelen van het tweede echelon. Zo hadden zij vorig jaar gestaan, zo zouden zij volgend jaar staan. Zannoni had zijn zelfvertrouwen grotendeels herwonnen. Zijn ziel had averij opgelopen, maar het was boven de waterlijn, zoals hij zelf zei met een wat ongebruikelijke vergelijking voor een bergbewoner. Op advies van zijn biechtvader probeerde hij zijn behoefte aan warmte en liefde, waarin door Isabella met een bitter surrogaat was voorzien, te bevredigen door zelf eerst te geven opdat hij zou ontvangen. De slaapkamer van zijn vrouw bleef evenwel nog dicht. Maar hij had hoop.

Graziani keek zuur. De gebeurtenissen tijdens de raadsvergadering hadden de aandacht van zijn zondebok afgeleid. Dat was jammer. De beeldhouwer zou derhalve kunnen blijven. Prettige bijkomstigheid was dat Isabella niet met die Hollander mee zou gaan. Er was geen enkele reden voor het offer van zijn eer om haar over te halen te blijven. Maar nu hij over zijn aarzeling heen was, zat zijn offerbereidheid hem danig dwars. Hij werd als een vlieg naar het licht getrokken. Voortdurend kwelde hem de verleiding Isabella te veroveren. Keer op keer verbood hij het zichzelf. Telkens weer besloot hij zijn verbod te negeren. De stand van zaken in Graziani's geweten was af te lezen aan zijn houding. Stond hij rechtop, pal en stram, dan zei de stem: 'Nee, Graziani, nee', tuurde hij naar de grond en zakte hij door één heup dan verschenen voor zijn geestesoog de vier naakte heuvelen van Isabella Andreini.

Pandolfi was opgelucht. Het had er even om gespannen. Bijna was hij zijn greep op het dal kwijt geweest. Maar nu waren alle plooien weer glad gestreken. De crisis was voor jaren bezworen. De transacties die met de verkoop van de grond en de vakantiewoningen waren gemoeid, zouden hem een klein fortuin opleveren. Hij deed niets met het geld, maar hij hield van de macht en het aanzien die het hem verschafte. Alleen Beniamino. De verbanning van zijn zoon was een loos gebaar geweest en niet in overeenstemming met zijn diepste wensen. Toen de actie van de schoonzoons hem ter ore kwam, ontstak hij in woede. Als hij zijn dochters niet op huwelijkse voorwaarden had laten trouwen, had hij hen onterfd, alleen om de schoonzoons te treffen. Uiteindelijk was Beniamino's houding, hoewel tegen de vleug, een teken van onafhankelijkheid. Hij was geen slappeling en geen papkind. Pandolfi had respect gekregen voor zijn zoon, maar vreesde dat de zoon geen respect meer op zou kunnen brengen voor de vader. Ouderdom en hartkwaal maakten hem week. Hij kuchte en slikte, en zag de volksdansers in een mist.

Na de volksdans werd het podium in gereedheid gebracht voor de gymnasten. De toestellen werden naar boven gesjouwd. De commandant van de vrijwillige brandweer legde een lange lijn wit poeder uit in een brede aluminium reep en wachtte tot de jongelui hun entree hadden gemaakt op de klanken van een pittige mars. Ze droegen strakke, glanzend blauwe pakjes. Op het teken van de trainer dat zijn pupillen er klaar voor waren, doofde een technicus de spotlights en zag men in het halfduister de blauwe pakjes vliegensvlug op en over elkaar klauteren. Sommigen klommen op de dijen en schouders van een sterke man, anderen vlogen in de brug met ongelijke liggers en maakten daar een piramide, weer anderen bestegen het paard en de kast; wie overbleef nam een bevallige houding aan en wees met uitgespreide arm op de treffende prestaties van de collega's. Zodra het tableau was gevormd, blies de trainer op een fluitje. Op dat ogenblik stak de commandant de reep poeder aan dat sissend en rokend een rood schijnsel verspreidde en het tafereel korte tijd spookachtig verlichtte. Dat kunstje werd driemaal herhaald met steeds ingewikkelder configuraties tot grote vreugde van het publiek dat na al die jaren uit louter kenners bestond. Hans Hartog klapte en floot luidruchtig op zijn vingers.

Wassermann liet zijn blik langs de mensen glijden. Hij kende ze vrijwel allemaal. Hij kende hun kwalen, hun lijven, hun problemen. Beter nog dan de pastoor kende hij hun zonden, hun verlangens, hun angsten en hun grenzen. Niemand wist zoveel van dit dorp als hij, maar die kennis liet hem koud. De gemeenschap had de geest van een kind. Het geheugen was kort en fragmentarisch, het historisch besef onderontwikkeld. De werkelijkheid was in onherkenbare fragmenten verspreid over de verhalen van al die mensen. En zelfs bijeengevoegd zou het niets anders zijn dan een *tale told by an idiot, full of sound and fury, signifying nothing*.

Het slot van het feest naderde. Op vele erven en in vele tuinen waren vreugdevuren ontstoken. Hier en daar flakkerden vuren op de berghellingen rondom. Een helper zette de vuurpijlen in de houders. De spotlights bij het podium gingen weer uit. De brandweercommandant haastte zich met een brandende sigaar langs de pijlen, die de een na de ander pruttelend en sissend de lucht inschoten om daar met wisselend succes in kleurige regen uiteen te vallen. De meeste brachten niet meer op dan een klein knalletje en een handvol vonken; de enkele die zich volledig ontplooide kon rekenen op een gerekt aaaah en een applaus. Sommige pijlen verlieten de lanceerbasis nooit. Een ervan had een vertraagde ontsteking. De commandant zou juist ten tweeden male de vuurbron na heftig trekken bij de lont houden, toen deze alsnog besloot tot spontane ontbranding over te gaan en vlak langs het geschrokken gezicht van de man het luchtruim koos. Hilariteit en applaus. Het was de laatste. Nog even bleef het publiek samenklonten alsof men wachtte op een schitterende apotheose, maar toen de lichten aangingen, de turntoestellen werden verwijderd en de commandant de rommel van het vuurwerk op ging ruimen, viel de massa schoorvoetend uiteen.

Hans Hartog haalde Wassermann over bij Isabella een glas cognac te gaan drinken. Het was er warm en vol. Isabella stond achter de bar de bestellingen klaar te maken, die de weergekeerde Antonella rondbracht. Ze begroette Hans met een verlegen hartelijkheid en knikte de dokter toe: 'Fijn dat ik u weer zie, dokter.' Hans had een visioen dat zij drieën de komende jaren vaak zo zouden staan. Opgenomen, maar niet geassimileerd; gedoogd maar niet aanvaard; eenlingen, die ook te weinig gemeen hadden om met elkaar verbonden te zijn. Het was goed zo. Het besluit over Millemorti zou zijn zaken in elk geval geen kwaad doen. Gelosi kon hem weer van dienst zijn.

Door de openstaande deur van het café woei de nachtlucht binnen met een lichte schroeigeur van de vreugdevuren en de barbecues. Boven de kabbelende slentergang van passanten uit klonken de hollende voetstappen van een kind. In de deuropening stond plotseling Daniele Puccio. Hij knipperde met zijn ontstoken ogen en tuurde naar binnen. 'Is Hans Hartog hier?' riep hij hijgend. Hans draaide zich om en keek Daniele vragend aan. 'Wat is er?' Daniele

deed een stap naar binnen. Iedereen staarde hem aan. Het
leek of hij huilde. Hij wrong zijn kleine handen, zijn mond
vertrok in een grimas. 'Uw beelden branden.'

Van veraf zag het eruit als een vreugdevuur; daarom was
het zo laat opgemerkt. Hans bleef hopen dat er sprake was
van een vergissing en dat de wegwerkers van wrakhout een
brandstapel hadden gemaakt, maar toen hij de laatste bocht
rondde, zag hij dat achter de veilige muur vele vuurbron-
nen waren. Alle beelden brandden als toortsen. Hij zette de
auto neer aan de rand van de alm. Ze roken een vleug benzi-
nedamp en toen een van de beelden opensprong, hoorden
ze een droge knal. Hans' lichaam trilde; hij kon niet meer
sturen. Hij staarde naar het vuur. Wassermann stapte uit,
greep de kleine brandblusser uit de auto en liep met grote
passen op het vuur af, gevolgd door Daniele Puccio. Terwijl Hans Hartog verlamd toekeek, hesen zij zich over de
muur en trachtten de vlammen te doven. Wassermann handelde met een verbeten beslistheid. Puccio danste om de
beelden heen en de uitdrukking op zijn gezicht kon evengoed worden gehouden voor een teken van intense blijdschap als van uitzinnige rouw. De kleine brandblusser
raakte al gauw leeg; het had weinig uitgericht. Wassermann
riep om de sleutel. Toen Hans niet snel genoeg antwoordde, kwam de dokter naar de auto gerend, trok Hans vanachter het stuur vandaan en dwong hem iets te doen. De
scherpe lucht van de brand bracht tranen in zijn ogen.

'Laat maar, Thomas,' zei hij. 'Er is geen redden aan.'
'We moeten het proberen!' zei Wassermann.
Met gillende sirene arriveerde de brandweer. De spuit-
gasten kwamen aandraven met grote schuimblussers en
legden alvorens het vuur aan te vallen een kraag schuim
rond het huis en de schuur. Het gras was gaan smeulen en
stonk. De commandant liep op Hans toe.

'God nog toe, wat een aaneenschakeling van rampen,

meneer. Zo heb je jarenlang niks te doen en zo ruk je in één maand drie keer uit. Evengoed zonde, meneer. Het waren heus wel aardige beelden.'

Hans antwoordde niet. Het oude vuur van de brandende stad ging op in dit nieuwe vuur. De pijn was niet te dragen. Hij draaide zich om en liep weg. Aan de rand van de weide ging hij met zijn rug naar de brand op een rotsblok zitten. Het dal lag aan zijn voeten. De sneeuw op de bergen weerkaatste blauw het licht van de maan. De wegen liepen als verlichte linten tussen de dorpen en de huizen. De lampen van auto's waren dwaallichten. Hij had geen gedachten. Hij keek alleen maar. Dit was alles: het moment. Niets ervoor. Niets erna. De ruimte.

Na enige tijd kwam Wassermann naast hem staan.

'Van de beelden is niets over. Maar je huis staat er nog.'

Hij veegde over zijn gezicht. Er verschenen zwarte strepen roet op.

'Het is aangestoken.'

'Ik weet het,' zei Hans.

'Ga je aangifte doen? Het is het minste wat je kunt doen.'

'De schuldige zal wel op het kerkhof liggen.'

'Het is een ernstige zaak. Ze zullen hem zeker serieus behandelen.'

'Ik denk van niet. De beerput wordt voor mij niet meer opengemaakt.'

'Als jij geen aangifte doet, doe ik het.'

'Ik zal het wel doen.'

Wassermann ging naast Hans zitten en sloeg zijn arm om hem heen. Voor het eerst van zijn leven raakte hij op die manier een man aan. Uit alle woorden van troost koos hij na lange aarzeling: 'Sisyfus was een gelukkig mens.'

Daniele Puccio kwam Anna uit de postkamer tegemoet, toen zij het stationsgebouw binnenging.

'Ik heb goed nieuws voor u,' zei hij en klakte met zijn hakken.

'O ja?'

'Uw boeken zijn terecht.' Het klonk zo trots alsof hij ze zelf had gevonden. Anna was sprakeloos. Ze had de koffer allang opgegeven. En nu paste hij niet meer in haar plannen.

'Ik kom juist naar het station om een kaartje te kopen. Ik ga naar huis.'

'Maar nu kunt u werken. En uw been is nog niet beter.'

'Het zijn geen redenen meer om mij hier te houden, Daniele.'

'Wat moeten we dan met uw boeken?'

'Per kerende post terug naar Holland. Samen met de rest van mijn bagage.'

'Wij hebben u geen geluk gebracht.'

Anna glimlachte naar hem. 'Het was mijn eigen schuld.' Ze wilde verder lopen, maar Daniele hield haar tegen.

'Weet u dat de beelden van Hans Hartog verbrand zijn?'

'Verbrand?' Niet de denneboktor dus, maar het vuur.

'Daniele, wil je mij naar Selva brengen?'

Daniele keek geschokt.

'Waarom?'

'Ik wil hem spreken.'

'Maar hij heeft u toch...'

'Morgen ga ik naar huis, nu wil ik naar hem toe.'

De muur was zwart beroet, het gras was geblakerd. De resten van de beelden waren verwijderd. De tuin was leeg. Daniele aarzelde even, zei toen afgemeten 'Auf Wiedersehen, Frau Doktor' en liet haar achter voor het openstaande hek. Anna dacht aan de eerste keer dat ze voor het huis stond; een schroom die haar toen niet had weerhouden, overviel haar. Uit de werkplaats kwam het geluid van een motorzaag. Onder dekking van dat geluid zou hij haar komst niet bemerken, maar Anna bleef wachten tot er een pauze viel.

'Hans!'

De zaag begon weer. Hij had haar niet gehoord. Ze liep naar het stenen bankje dat naast de voordeur tegen het huis stond. De brandlucht had zich vastgehecht aan het pleisterwerk. Selva was onherkenbaar veranderd. Het leek wel of er een oorlog had gewoed. Zo kort geleden nog had zij daar gelegen in de luwte van de muur, in de warmte van de zon, in het natte groene gras. Het was voorbij. Ze sprak zichzelf bestraffend toe: maar niet voorgoed voorbij. En niet alles was voorbij. Er was altijd een weg. In de bergen rondom waren passen; in elke rivier was een doorwaadbare plaats. Ze sloot haar ogen en probeerde door de geur van brand heen de bomen te ruiken van het bos achter het huis. Zo trof Hans haar aan. Het geluid van zijn voetstappen in het verdorde gras deed haar opschrikken.

'Sorry, Hans. Ik heb je geroepen, maar je hoorde me niet.'

'Hoe kom jij hier?'

'Daniele vertelde me van de brand. Hij heeft me gebracht.'

'Kom binnen.'

Anna zat aan de keukentafel terwijl hij koffie maakte. 'Had ik gelijk, Hans?'

'Waarmee?'

'Betekenden de beelden meer voor je dan je toegaf?'

'Nee.'

Zwijgend zette hij koppen op tafel, schonk koffie in en ging tegenover Anna zitten. Ze keek hem schichtig aan, met de loensende blik die hem weer vertederde.

'Je maakt het me niet makkelijk, hè?' zei Anna. Hij glimlachte en hoopte daarin genoeg verontschuldiging te leggen. Hij verafschuwde haar neiging aan zijn ziel te krabben, maar tegelijkertijd riep ze de behoefte in hem wakker toe te geven.

'Ik ga morgen naar huis. Ik heb net een kaartje gekocht.'

'O ja? Ik dacht dat je een halfjaar zou blijven.'

Anna keek hem aan, verbijsterd over zoveel naïveteit.

'Dat dacht ik ook ja, maar er is het een en ander gebeurd.'

'Het spijt me dat het zo moest aflopen met ons.'

'Je hebt geen spijt.' Ze keek hem onzeker aan. 'Wat doe ik hier eigenlijk?'

Anna stond op, greep haar kruk en liep naar de deur. Hans volgde haar en versperde de uitgang.

'Blijf, Anna. Ga zo niet weg.'

'Waarom niet? Wat doet het ertoe? Morgen ga ik naar huis. Ik zal je misschien nooit meer zien. Ik wens je het allerbeste.' Anna haalde strijdlustig haar neus op en veegde met de rug van haar linkerhand, omdat ze nu eenmaal links was, de opkomende tranen weg, maar vergat dat de kruk het onbuigzame verlengstuk van haar arm vormde. De rubberen dop trof Hans Hartog precies tussen de benen. Verbazing ging vooraf aan de pijn.

'O, God,' riep Anna. 'Wat vreselijk! Wat doe ik nou!' Ze begon zenuwachtig te lachen.

Anna hield dit keer haar ogen open en een deel van haar geest registreerde scherp elke handeling die ze verrichtten, elk gevoel dat haar vervulde, elke aanblik die hij bood. Ze zag op de plaats waar zijn schouder overging in zijn borst een kleine ader vlak onder de oppervlakte kloppen. Dit zal ik tot de dag van mijn dood kunnen zien, als ik wil, dacht Anna, niet zonder pathos, maar wel naar waarheid, want het beeld etste zich in haar geheugen met een diepere groef dan wat haar op de berg was overkomen. Ze snoof uit zijn haar de geur op van versgezaagd hout.

'Ik heb vannacht gedroomd,' zei Anna. Ze lag naast hem en wilde het moment van opstaan uitstellen. 'Ik lag geknield aan de voeten van de paus, die zijn hand in apostolische zegen opgeheven hield. Ik knarsetandde van woede en spijt, ik weet niet waarom, maar het was een overweldigend gevoel. En ik riep "Twist met mij, twist met mij, twist niet met mate..." Ik moet die zin ooit ergens gelezen hebben, want wie bedenkt nou zoiets in een droom, maar ik weet niet waar. En het laat me niet los. De hele dag klinkt het al in mijn hoofd. Denk jij dat zo'n droom iets betekent?'

'Ik weet het niet. Als je er een betekenis aan wilt geven...'
'Wat dan?'
'Dan kan dat.'
'Wat zou mijn droom kunnen betekenen?'
'Een *Einladung zum Tanz*?'
Anna schoot in de lach.
'Je hebt gelijk. Laten we het daar maar bij houden.'
Ze zwaaide haar benen van het bed en stond op. Hans lag met zijn armen achter zijn hoofd gevouwen en keek naar haar. Hij wilde iets gaan zeggen, maar hield het net op tijd in.

Anna vermeed de klont ramptoeristen die allen in de panoramawagen wilden zitten, een felgekleurde open wagon vanwaaruit een onbelemmerd uitzicht op de schoonheid en wreedheid van het hooggebergte werd geboden. Ze koos een stil compartiment. Vijf van de zes verlofmaanden waren haar tussen de vingers doorgeglipt maar spijt vond ze een onvruchtbare emotie. Het heden telde en de toekomst. Het oponthoud in Chiavalle was een gat waarover de tijd draden zou spannen, totdat er niets meer van te zien was. Toch hield haar blik de torens gevangen, terwijl de trein zich moeizaam ophees naar de pas. Ze zag Selva liggen, de zon blonk in een raam. Het bevreemdde Anna dat het leven door zou gaan op deze plek, nu zij wegging. Het kwam haar logischer voor dat Hans Hartog zou verstenen in het gebaar waarmee hij afscheid van haar nam. Het was onvoorstelbaar dat hij zou schaken bij Wassermann, boodschappen doen in het dorp, werken en leven. Overal was leven, overal. En dat ging maar door.

Anna pakte haar boekje en schreef op: 'Tekens in tijd en ruimte. Strategieën om te overleven.' Een gedicht van Emily Dickinson schoot haar te binnen:

> 'I reason, Earth is short –
> And anguish – absolute –
> And many hurt,
> But, what of that?
> I reason we could die –
> The best vitality cannot excel decay,
> but, what of that?
> I reason, that in Heaven –
> Somehow, it will be even –
> Some new equation given –
> But, what of that?'

Ze stak de breinaald die ze bij zich droeg tussen het gips en haar been en probeerde de plaats te bereiken waar het jeukte. Een wolk rolde vanuit het Valtellina over de drempel bij Miralago en vulde langzaam de bodem van het dal met mist. Het meer verdween, het dorp verdween. Het was er niet. Het was er nooit geweest.

NELLEKE NOORDERVLIET

Een vlaag van troost
Poëzie

Nelleke Noordervliet laat zich van een onvermoede kant zien in een fascinerend lang gedicht over mensen in de stad Rotterdam. *Een vlaag van troost* speelt aan het begin van de jaren vijftig. Gewone Rotterdammers pakten na de bezetting de draad van het leven weer op, zo goed en zo kwaad als dat ging. Nog jarenlang had het centrum van de stad kale vlaktes, als een schurftige hond. De haven en de zeelui brachten de adem van de wereld binnen, in het profiel van hun schoenzolen droegen ze de zaadjes mee van exotische planten die tussen de keien op de kaden wortel schoten. Een mengsel van sobere werklust en magische verten kleurde het bestaan.

Rotterdammers praten niet graag over het spoor dat de lege stad door hun leven trok. Als een unicum in de Nederlandse literatuur is er nu dit gedicht van Nelleke Noordervliet, dat stem geeft aan anonieme mensen in een getroffen stad.

Meulenhoff Amsterdam